ポルトガル短篇小説傑作選

よみがえるルーススの声

ルイ・ズィンク
黒澤直俊　編

現代ポルトガル文学選集
Série da Literatura Portuguesa Contemporânea

現代企画室

ポルトガル短篇小説傑作選

よみがえるルーススの声

ルイ・ズィンク＋黒澤直俊＝編

現代ポルトガル文学選集
Série da Literatura Portuguesa Contemporânea

「現代ポルトガル文学選集」は、1938年から1988年までポルトガル大使館の翻訳官であった緑川高廣氏の寄付金により設立され、ポルトガル大使館が運営する「ロドリゲス通事賞」の基金の助成を受けて出版された。

Obra publicada com o apoio da Embaixada de Portugal em Tóquio com base no fundo do Prémio "Rodrigues, o Intérprete", doado pelo Sr. Jorge Midorikawa, intérprete daquela missão diplomática entre 1938 e 1988.

99 ANOS
CAMÕES
INSTITUTO
DA COOPERAÇÃO
E DA LÍNGUA
PORTUGAL
MINISTÉRIO DOS NEGÓCIOS ESTRANGEIROS

編者による序文

女がひとり沈黙して、川辺で口を開くのを恐れている。アフリカの植民地戦争のさなかにひとりの兵士が地雷を踏んでしまう。足を上げたら最後、彼は死ぬ。十六世紀の偉大な我らが最大の詩人は、もはや書くことができぬかもしれぬと慄いている。ある美容師がテレビの人気者と結婚する……これらは、本書『ポルトガル短篇小説傑作選』で紹介される物語の一部である。

もう何年も前になるが、東京でホテル・ニューオータニのエレベーターに乗りこんだときのことだ。そこにはすでに一組の日本人夫婦がいた。二人は身を寄せて、ほかの人たちも入れる空間を作っていた。私と連れも同じようにした。まもなくオーストラリアの若い一団が乗りこんできた。彼らは大きな声で話し、賑やかだった。私とポルトガル人の友人の視線が合った。外見からすればあのアングロサクソン系の若者たちと私たちは似ていただろうが、ふるまいではその日本の夫婦に近しいものを感じたのだ。

われわれはヨーロッパの最西の国である。アメリカ大陸発見までは西の果ての国であった。日本が東の果てとされていたのと同様に。われわれにとっての唯一の国境はスペインとの間にある。スペインはわれわれにとってはつねに脅威であり、自分たちとはぜんぜん違うと何かにつけて言っておきたい国である。そんなことは、地図の上だけでわれわれの国を見る人からすれば、はっきりしないことであるかもしれないが。われわれは「遅れた国」だった。二十世紀のもっとも長い独裁政権が支配していた。われわれは流動的な民でもある——柔軟でざっくばらんで好奇心が強い。あなたのようにだ、日本の読者よ。

本書はポルトガルの現代のフィクションの傾向をよく表している。すべてをこれだけで網羅しているとは言えないが、価値ある豊かな作品が訳出されていて、ポルトガル文学の入り口としてはまたとない一冊のはずである。しかし「ポルトガル語の文学」の一冊ではないということは注記したい。ポルトガル語は九か国の公用語〔ポルトガル、ブラジル、アンゴラ、カーボベルデ、ギニアビサウ、サントメ・プリンシペ、モザンビーク、赤道ギニア、東ティモールの九か国。ただし赤道ギニア、東ティモールはポルトガル語の定着度が低く、質の高いポルトガル語の文学があるのは七か国〕であって、それぞれの国に独自の文学があるからだ。そして、それぞれが互いの国の物語を読みあっている。

本書に編纂された短篇は、いずれも選出されただけの価値がある。作家たちには祝福の言葉を贈りたい。これから本書を読むという日本の読者にも祝福の言葉を。あなたが実にうらやましい。なぜなら、これから始まるあなたの旅を私は味わうことができないからだ。私はその旅をすでに終えてしまった。これらの美しい短篇をすべて読んでしまったのだから。これらの作品を発見する特権はあなたの手にある。存分に味わってほしい。

ルイ・ズィンク
（木下眞穂　訳）

目次

少尉の災難——遠いはるかな地で

マリオ・デ・カルバーリョ
黒澤直俊 訳

マリオ・デ・カルヴァーリョ　Mário de Carvalho

1944年にリスボンに生まれる。作家であり、弁護士でもある。若くしてポルトガルの独裁制に対する反対運動に加わり、政治犯として投獄され拷問を受けた。仮釈放中にパリ経由でスウェーデンに逃亡、1974年の無血革命により独裁制が終焉したのちに帰国。その後は精力的な執筆活動を行ない、歴史小説から社会的小説、戯曲まで作風は多岐にわたり、多数の作品が翻訳されている。

この道をジャングルを一歩進めば一歩リスボンに近づく、少尉は自分に言い聞かせていた。アフリカを一歩づつ少しだけ後にしているのだ。二列縦隊で進軍する兵士たちの歩みは帰還の時を刻む時計の振り子の音だ。軍隊でのささやかな楽しみは何も考えない術を身につけ恐怖をだましだましかわしていくこと。

一羽の鳥の囀りが聞こえた時、――本当に鳥かな？――少尉はある詩のパロディー版をいつものように口ずさむところだった。セダール・サンゴールの詩で学生出身の将校が代々もじって伝えて来たものだ。「遠くから私の耳にはアフリカの歌が聞こえる、おまえの血の歌だ／アフリカの血がすぐそばで私の耳に聞こえる、おまえの血にまみれた聖人／私の耳にはアフリカの娼婦たちの声が聞こえる、おまえの乳房の歌……」

くそったれ、ニャンビレの十字路まで、あとどれくらいだろう。いったい、いくつ十字路を横切ればリスボンに着くんだ、畜生。

ニャンビレというろくでもない所は銃弾や爆発でボロボロになって焼け焦げた土壁のあばら家や倒れた竹の囲いと木の十字架が四本――以前は八本だったが――それが十字路の角の一か所に一

列に並んで戦略的パトロール区域であることを示している。

ろくでなしのニャンビレ、ろくでなしのアフリカ、原色で糞まみれの薄汚い病気が蔓延し獣のように残虐でほとんど無知のアフリカ。あの危険なサバンナや何も考えない大勢のがさつな兵士たちとか外地でのあの戦争が少尉にとっていったいなんだと言うのか。彼はそこで生まれたわけではないのだ。穏やかな日没とかなんとも言えない繊細な心地よい季節の推移が存在しないこんなところはくそったれだ。ここには曙も黄昏もない。サバンナの時間は二つで、太陽を呼びだすとあっという間に空を焦がし貪ってしまう。

いつもながら少尉はアフリカについて一方的でかなり偏見に満ちた思いをかみしめる。自分が無理矢理送り込まれた土地に対する憎しみを吐き出さずにはいられないのだ。この強い偏見に満ちた少尉の眼差しや客観性の欠如を誰が責められようか。

脇にそらした銃口でサバンナの雑草をかすりながら急ぐともなく行軍する兵士たちの砂地に食い込む足音だけが広大な空間で生けるものの唯一の気配なのだ。あのバオバブの木を背にしたら百メートルさらに進んだことになる、と少尉は木肌がむき出しで草原に浅黒く膨らんだ役立たずの姿をさらして地平線を遮っているその木を見ながら考えた。

ごつごつとした薄暗いまばらな灌木の間に屋根が崩れ泥壁が穴だらけになった小屋や黒焦げになったゴミ捨て場のようなものが続く、廃墟になってしまった例のあの集落は過ぎた。草が刈り取られ野原が続いているところも過ぎた。兵士たちはそこを「禿げ野原」と呼んでいるが、それは自動機関銃で何時間にもわたり、もうそこにはいなかったかもしれない敵に対して地上ぎりぎりの射撃を続けた結果、茂みが刈り取られてしまったからだ。クレーター状のものが複数あって、ある晩そこで四人戦死した、爆発の薄暗いしみで覆われた例の小山も通り過ぎた。

だからジャングルのこの道はニャンビレに向かっているのだ。軍用地図では十二号道路だ。けれども、兵士たちは部隊の戦果に応じてこの道に大げさな名前を付けたり、逆に軽く見るような呼び方をする。以前ここは「死の曲がり角」で、同名の映画がリスボンで封切りになった直後で、よく待ち伏せ攻撃があったものだ。今は「日曜の散歩」と呼ばれるが、駐屯地で時折小競り合いがあるものの参謀本部が「実質的には平定されている」と評価しているように、ここら一帯が比較的平穏だからだ。将来は戦況や兵士たちの想像力に従って呼び名も変わるだろう。

本当を言えばちょっと前に、暑い夏の盛りに一番よい清涼剤は何も考えないことだと心に決めていたじゃないか、と少尉は思う。実際もっとひどい所を行軍している奴はいくらでもいる。

今のところ兵士たちは道の両端に列を作り軍規が命じるよう互いの列の距離を保って、両腕を組んで銃を支え、制退器を付けた銃口が草をかすりながら進んでいく。急がずにまだこの先もっと歩かなければいけない者たちに特有の単調で波のような足どりで進んで行く。擦り減った外套とぼろぼろのズボンを身に着けた黒人の案内人が先頭を行くが、みんなは道を暗記するほどだから道案内は必要ないが、前線での思いがけない危険や原住民との散発的な接触での通訳としての役には立つ。

足元の砂地を踏みしめていると時々捨てられた薬莢が黄金色に輝き、だいぶ以前の他の小隊の銃撃戦の跡を物語る。

対ゲリラ戦略で定められている「チンチン行列」〔bicha de pirilau：pirilauは幼児語でペニス。列の前の相手の尻と腰が触れるくらい近接して進軍することでゲリラ攻撃の被害を最小にとどめようとする戦術を皮肉った表現〕では、十番目を行くのが少尉のいつもの習慣だ。階級章はつけず不器用に眠そうに進んで行く。ジャングルの道を一歩進めばそれだけリスボンが近くなる……

その作戦は、数日前に何機かのヘリコプターの騒音を響かせて基地に到着した指揮部隊によって命じられた。この部隊は自分たちだけで固まって他から距離を置く軍人たちだった。特別に割り当てられた四つのテーブルで食事を取り、整列の後は一列になって急ごしらえの射撃訓練で時間を過ごし弾薬を気ままに浪費した。寝静まった時間帯に大声をあげて、シーツに頭をうずめ彼らを呪う通常の兵士たちの迷惑をよそに整列した。そうして、来た時と同じく首にマフラーを巻き、袖口のボタンを止めた正装でみんなが安堵するなか大空に向かって飛び立っていった。

しかし、指揮部隊の出発で作戦が開始された。ちょうどその晩、新任の大尉が作戦会議室に士官を招集し、ほとんど意味をなさないような簡単な挨拶を述べてから当てこすりともいえるような陽気さで地図にかがみこんだ。

「諸君、ムカデ作戦がこの段階で進行中である。あまりその気になれない者もいるかもしれないが、周辺的な任務だとわかれば安心するんじゃないか。もっとも、士気の高い君らの好戦的で火花が散っている目には失望の色が見えるがね。結局、司令部が練っている作戦は……まだこの段階ではないのだが……次の機会には向上するだろう……」

諭すような調子の作戦に関する説明が一字一句はっきりと数字や割合などを交え続いた。少尉はぼんやり別のことを考えたりしながら、自分の任務を確認していたが、そうこうするうち司令官が次のように話を終えた。

「わかったな。ニャンビレの十字路に最初についたものが歩哨を立ててそこを守る。合流したのち来た道を取って返し基地に戻る。マリェイロ少尉はマファラ街道を通って、トーレス少尉はカンティネイロ街道からだ。周囲に目を配り、決して急ぐことなく進め。わかったな？　質問は？」

午前五時に二日分の野戦食を持って出発した。いつものことだ。少尉はあの道には飽き飽きしてもういい加減うんざりしていた。目印となるようなポイントやその間の距離とか、行程の詳細がすべて頭に刻み付けられていた。例えば、今このまま行くとカシューの木が並んでいる所があって、それから手のひらのような形をしたアカシアの木があり、もう少し行くとライオンが死んでいた場所だし、その先に小高くなっている所があって、そこでいきなり銃撃してきた黒人の老人を手榴弾で殺したことがあった。さらにその先は九月に待ち伏せがあった丘で、それを進むとパンヤの木、つまりバオバブとかなんとか連中が言うやつで小鳥が覆うようにとまっているのがある。もうちょっと先へ行くとジャングルの中に葉や乾いた枝で囲まれた空き地がある。そして……

金属的な乾いたカチッという音がはっきりと聞こえた。隊列は静止した。兵士たちは自動小銃を構えあたり一帯を異常に張り詰めた様子で注意深く窺った。

少尉がちょうど道の真ん中に立ち尽くしていた。まっすぐに背筋を伸ばし、体の動きを止め、両腕を軽く体から離し正面を見つめたまま表情がこわばっていた。制退器のところで銃を持った姿は、体の平衡を保つため重しを使っている者のようだった。

「地雷を踏んじまった。畜生、地雷を踏んじまった」と不安そうに近づいてきた軍曹に向かってほとんど口を動かさないで繰り返した。少尉の口調には重大で深刻な様子に加え深い悲しみの響きがこもっていた。

「少尉殿、どうか、じっとしていてください」と動転した軍曹は大げさに大丈夫だという身振りをしながら言った。

しばらくの間、少尉の頭は完全に真っ白になり、周りの騒ぎをよそに遠く離れたところに飛んでしまったかのようだった。心臓が規則的に少尉の胸の中で鳴っていた。軍曹はちょうど側まで行って、顔が真っ青で唇も白くなっているのに気付き、いろいろ助言しようとしたが少尉の耳にはすでに入らなかった。焦点が突然ぼやけ、周りの人や物が白黒のぼんやりとした世界になってしまっていたのだ。かすかな痛みのようなものが感じられ、はらわたから胸に向かってこみ上げて来て、だんだんはっきりしてくるのがわかった。手足の先が冷え切って痛み、心臓が飛び出したような感じがして、血が逆流したり怒涛のように流れているのがわかった。地雷を踏んでしまった片方の足がその一歩のせいで重い鉛でできた足枷のようになり、永遠に地面に固定されたように感じ、同時にエーテルのような軽さでそよ風にふんわりと浮かんでいる空洞のようにも感じられた。

カチッという撃針の運命的な短い金属音が耳鳴りのようになんども頭によみがえってきた。

「落ち着くんだ、いいか、落ち着くんだ……」と少尉は周囲には聞こえないように小さく呟いた。

少しずつ理性がもどって来て周りの様子が分かってきた。耐えられないような恐怖に加え、どうしようもなく理不尽であるという思いが混じりあっていた。少尉は自分自身について混じり気のないやさしい幼稚な憐憫の情に深くとらわれた。

「こんなことがなんで俺の身に降りかかるんだ?」

子どもの頃のように泣きたい気持ちが心の奥深いところで頭をもたげるのが感じられた。しかしすぐにそれを否定しようとする大人の気持ちが打ち勝ち、少尉は怒鳴っている自分自身を見出した。

「みんないったいぼっと突っ立ってなにやってんだ。ジャングルの道で固まっていたらだめだってことは兵隊なんだから分かるだろう。動物園じゃないんだぞ、ここは」

兵士たちは少尉の周りを取り囲み、思わず呆気にとられ驚愕していたのだ。敬うような低い声のささやきが聞こえていた。少尉にはひとりひとりのひきつって緊張した顔や目をむいて口をぽっかりと開けている様子が見えた。もう一度いきり立って言った。

「みんなここから離れるんだ。吹っ飛んでしまいたいのか」

驚きから怒りへの変化を力の限りしたためか、少尉の声はファルセット気味にかすれていた。

「下士官はこの連中をあの木の向こうに隊列ごとにまとめるんだ」

下士官の命令で兵士たちは何度も振り返りながら慰めるような身振りをしたり、何かを呟きながら、その場をしぶしぶ離れていった。

「少尉殿、しっかりして」、「落ち着いて、少尉殿」

それからだらだらとジャングルの中の空き地の指示された枯れた枝や石ころで覆われた場所に兵士たちは七人ごとのグループを作った。両足を踏ん張って直立し、用心深い動きで自動小銃のG3を持ち深刻な顔で部隊を直視している少尉にみんなの視線が注がれていた。

「全員、戦闘位置につけ！　ここはリスボンのアウグスタ通り〔政府機関などがあるコメルシオ広場（王宮前広場）と地下鉄やシントラ線の駅があるロシオ広場を結ぶ、銀行や宝石店、高級ブティックなどが軒を連ねるリスボンの下町で最も洗練された通り〕じゃないんだ。メンデス軍曹、ちょっと来てくれ。だが、その草のところからこっちには来ないように」

軍曹は半かがみになりながら物珍しそうに口をぽかんと大きく開けて歩いてきた。

「状況を基地に報告し、爆発物地雷処理班の出動を要請しろ」

相手はその場を離れ、通信担当の男のほうに行った。少尉はちょっとの間、といっても永遠に近いくらいに感じられたが、過酷な状況にいる自分を受け入れた。他の者たちと隔てるこの距離に本当にひとりぼっちだと感じた。いにしえの航海者は彼らが乗っている板の厚さの分だけ死から隔てられているという古代の哲学者の言葉が頭に浮かんだ。俺はほんのわずかの小さな動きで一秒の何分の一かの一瞬の差で死から隔てられているんだ。死から？　それとも不具から？　それはもっとひどい！　足がないとか、膝から下がなくなってしまうとか、四肢が切断された自分を想像してみた。そんなのは絶対に嫌だ。またもや、むかしの仲間と一緒にパリに逃げなかった自分を、お人よしにも人民が向かう先の、制服を着て隊列に加わる場所にそのまま来てしまったことを責めた。グワディアナ川の浅瀬を地図で調べていた仲間の不審をよそに、自己の義務や確信、勇気を優先させ、すじを通したのだ。その結果、得られた人民との唯一のつながりは上から与えられる命令を声に出して伝達するだけだった。制服の下で将校の姿をしていつの間にか若さを失っていた。夜な夜なブリッジに明け暮れ、戦争や蚊そして人生そのものを呪い、軍調達品のウィスキーに溺れていた。人民なんてどこ吹く風か。

強い太陽の下で汗が少尉のこめかみや額からべたべたする太い糸のように流れ落ち、迷彩服に浸み込んでいった。銃をゆっくりと左手に持ち替え、それを杖にして体を支え、水筒の蓋を用心深く開け、水を少し頭にかけてから少し飲んだ。

「少尉殿、気を付けてください。動いてはいけません」と何人かが思わず遠くから声をかけた。

「大丈夫、大丈夫」と不明瞭に小さな声で答えた。

兵士たちはジャングルの道の両側の高くなっているところに散らばって身がすくんだようにこの光景から目をそらさなかった。

「頭がなんかおかしくなりそうだ」と言う者がいた。

「少尉はそれどころじゃないだろうよ。よりによって運が悪いな」と別の者が言った。

向こう側で軍曹のひとりに指揮されヘリコプターのスペースを空けるため何人かの兵士がジャングルナイフで草を刈っていた。

「急いで横にひとっ飛びすれば多分うまくいくんじゃないか」と言う者もいた。

「その間抜けなへらず口をたたく前に小便でもちびってたらどうだ！」と軍曹は我慢できなくなって怒鳴った、「足を緩めたら爆発は一瞬だってことがわからないのか？　人間の動きと電気とどっちが早いと思ってるんだ？　それともあれが飛行機の爆弾にでも繋がってるとでも言うのか？」

「しかし、もしかしたら……」とその兵士は意味もなくぶつぶつ呟いた。

「おまえがあそこで少尉殿の場所にいたら、今頃はその馬鹿知恵で吹っ飛んでしまってるだろうよ。それとも地雷をひとつ準備してやるから、実験してみようか？　うすのろの馬鹿野郎が……」

「軍曹殿、何もそこまで言わなくとも……」

「俺がもしああなったら、糞を漏らしまくっただろうな」とまじめに言う者もいた。

みな地面にかがみこんだまま笑い、草刈りを続けた。

もしあそこにも地雷があったらと少尉は思った。あるいは今攻撃されたとしたら？

その考えに彼は思わず身震いし、胃の上のあたりが再びきゅっとなり、何とも言えない息苦しさに胃がもたれるような感じになった。そのまま倒れて運命に身を任せ、すべてを一気に終わらせることができたらとも思った。ほんの少し前には帰還の詳細を生き生きとそして感傷的な別れとして貪るようにはっきりと思い描いていたのに。命の重みを推し測ってみた。まわりの空気を精一杯吸い込んで、サバンナの匂いに別れを告げたいという気持ちがないわけではなかった。もっとも、アフリカははっきり言って何の匂いもしなかったけれど。この少尉は文学的な人で、極限状況においても自分を劇中の人物のように思わずにはいられなかった。

けれども、恐怖に彼は慄いていて、しかも体の均衡を完全に保つために全身をコントロールしなければいけないだけになおさら恐怖は耐え難いものとなっていた。少尉はこの恐怖を当然のこととして受け入れるしかなく、誰もそれを咎める者などいないことも分かっていた。

少尉にとってさらに驚くべきことでより不可思議で理解しがたいのは恐怖に対する断固とした抵抗であり、このことは人間は同じ基準で測ることはできないということを示していた。いわゆる民衆の知恵として、危険にさらされた時こそ人の価値がわかるともったいぶった言い方がされるが、少尉が思うには、それは間違いで、危険な状況にあっては危険な状況でのその人の姿があるだけである。

少尉は北部に来た時の機動部隊で最初の攻撃を経験した。爆発音や自動小銃の連射音が響く地獄のような状況で軍用ウニモグ車両の後ろでどうしてよいかわからずにいた。そばに整備隊の軍曹がひとりいて、まるでピクニックにでも来ているかのように落ち着き払って軍用パンの皮をしゃぶりながらなにごともないかのように坐っていた。

「おやおや、少尉殿は唇が真っ青ですよ」と強いアレンテージョなまりの小さな声で言った。それから、「心配ない、大丈夫です。連中は上の方を向けて打ってますから。角の先っぽでも狙ってるんですよ」と言った。

この軍曹が大隊での唯一の戦死者だった。車両の下に倒れている彼があとから発見された。はねかえった弾が彼の頭蓋骨を貫通したのだ。

これだけ落ち着いて勇敢だったのに無下に死んでしまった。けれども、この軍曹が他に比べて優っていたわけではなかった。軍政の任務を全うするだけのしがない志願兵の一人にすぎなかったのだ。軍発表の正式の声明や弔辞の中で讃えられていた「銃撃のさなかでも平静さを誇示していたこと」を除けば、少尉はこの男に対しても自分がどの軍曹に対しても感じるのとおなじ同情めいた軽蔑以上のものは感じなかった。

離れたところで兵のうちの一人が今度はこんなことを言い始めた。

「見てろよ、今度は髪が白くなる、髪の毛が真っ白になっていくんだよ。いくら賭ける？」

相手の同僚は答えなかった。何かに耳をそば立てていたのだ。

波を打つようなかすかな振動音が空の向こうから聞こえてきた。男たちはひとりひとり顔を上げ空に向かって目を凝らした。すぐさま、軍曹のひとりが立ち上がり両腕を開いてはっきりと合図を送っていた。

ヘリコプターが部隊の上を高く飛び、空中で旋回しぶんぶんいう音を立てながら、少しずつゆっくりと高度を下げ、ついには乗務員の顔が見分けられるほどになった。それから、誘導に従って空き地にふんわりと着陸し、あたり一面に砂やほこりの混じった一瞬のつむじ風を起こした。

少尉は肩越しに振り返ってヘリから三人の男が降りてくるのを遠くから認めた。看護兵と軍医少尉そして大尉である。ヘリから担架が出され、二人の兵士が道のところまで運んできた。爆発物地雷処理班が来ることをあてにしていたので少尉の口元が不安そうに不満でひきつったが遠くからは誰にも分らなかった。

「ただ騒がしいだけだな！　くそっ、たちの悪い冗談だぜ」

男たちがベレー帽に手をあて体を低くしてヘリのローターの気流を避けて出てきた後、将校の二人が曹長連中とちょっとの間真剣な面持ちで意見を交わしているのを少尉は割り切れない思いで見ていた。まもなくすると、それぞれ自分の持ち場に戻った。大きな声で命令するのが少尉には聞こえ、ほこりを立てて兵士たちは立ち上がり、道のわきに整列するのが見えた。

軍医と看護兵を後に大尉が手を後ろに組んで隊列を閲兵するような様子で近づいてきた。大尉は軍規に反して戦闘用の迷彩服ではなく、いつものように肩章にナンバー2の階級章が見える通常勤務服を着用していた。急ぐというわけでも、わざとゆっくりというわけでもなく、投げやりだがしっかりとした足取りで近づいてきた。武器さえ身に着けていなかった。

「こいつは俺にいったい何の用なんだろう、何しに来やがったんだ」と落胆を感じながら少尉はゆっくりとその歩調で大尉が近づいてくるのを目にして思った。

徴兵された他のみんなと同じように、しかしおそらくは別の理由によって少尉は大尉に対しあまりいい印象を持っていなかった。大尉はまだ若く細身で痩せて背筋の伸びた男で、前線での必要からふつうより早く昇進していた。わざとらしい入念に演技されたような平静さを装い、召集兵に対して常に小ばかにしたような慇懃な態度で臨み、部下には必ず「我らが……」という言い方を付けて呼び、兵士を呼び捨てにする唯一の士官だった。アルコールを飲みすぎることもなく、口汚く罵ることも決してしなかった。作戦では冷徹に軍務の手順を守ることを要求した。夜はひとりで自分の部屋にこもり、他の士官と親睦を深めることもしなかった。いつも薄緑色の制服をまとい、茶色のベレー帽をかぶっていたが、迷彩服を着ている姿を見た者はいなかった。自分のスタイルに対するある種のモデルというか、流儀を作り上げていて厳格にそれを守っていたのだ。

つい先日の駐屯地への攻撃の際の大尉の行動もまさに彼流のやり方と言えるものだった。演習場では独身組と既婚組のサッカー試合が行われていたが、午後三時頃に耳の慣れた者たちには「冷蔵庫の扉の音」のような迫撃砲の発射に特徴的な押し殺したような打撃音が聞こえたのだった。「迫撃砲だ」と演習場に向かって叫ばれると、一瞬にして兵士たちはその場を後にしシェルターに飛び込み、そうこうする間に防衛部隊が配置についた。

しかし、大尉は作戦会議室の扉に寄りかかったままその場にとどまっていた。最初の迫撃砲が炸裂したとき、閃光と土の入り混じった中を大尉はすくっと立ち上がり、演習場に沿ってゆっくりと歩き始めた。彼が歩く姿はあまりにもがちがちで酔っ払っているのをごまかそうとするようなぎこちない動きだった。しかし、その間ずっと手を後ろに組んでかなりのその距離を歩いて行った。兵士たちにシェルターののぞき窓から観察されていることは大尉はわかっていて、格好をつけるだけのために命を落としても構わなかったのだ。いたるところそこらじゅうで弾が炸裂し、空気が張り裂けるような中を平静を装い、ゆっくりと敷地の角の、三脚の上に固定されたブレダ機関銃のところに近づいて行った。地面に座り込み射撃の体勢をおもむろに取った。しかし、機関銃がそこに置いてあったのは分解してオイルを塗るためで、弾薬は込められていなかった。十五分ほど続いた攻撃の間、砲兵隊が反撃を始めるまで大尉は体をまっすぐにして、ひとつひとつの爆発に反応するように軽く揺れながら何の役にも立たない機関銃の銃床を握りしめていたのである。

攻撃が終わったとき大尉はシェルターのひとつの出口のところで、まじめな顔をして平然と兵士たちを待っていた。彼にこの出来事について誰もほんのわずかでも冗談めいたことは言わなかったし、大尉も自分からそのことについてふたたび話そうとはしなかった。

あのたたき上げの軍曹の落ち着いた様子を思い出し、少尉は「銃撃のさなかでの平静」さには二つのタイプがあることに思い至り、この大尉は心底怖がっていたのだと結論した。

「さて、我らが少尉殿、こまったことになったね。これが戦争といえばいたしかたないが……」

大尉は正面から親身になって心配しているような微笑みを浮かべてじっと見つめていた。

「君も含めわが軍の士官は対ゲリラ戦の規則を守らなければいかんことを全然わかってないようだ。ひとりひとりの兵士は先を行く者の足跡の上を歩かなければいかんのだ！」

少尉は内心怒りに震えた。ここに至ってもなお非をとがめられるとは。こいつは俺がこんな状態でも敬礼して国歌でも復唱しろというのか。

しかし、小さな声で呟くだけにとどめた。

「大尉殿、この道に地雷があるとは思わなかったんです」

「いつものルーティーンかい？　敵がそのすきにつけ込むんだよ。考えようによっては、我らが少尉殿は運がよかったと言えないこともない。この手の減圧式の地雷はそんなにはないからね」

深呼吸し、あきらめたような仕草をちょっとしてから少尉の肩に手を置き、わかりきったようなセリフを吐いた。

「今、大事なことは落ち着くことだ、きっと大丈夫だ」

戦場での連帯感のこもった深いまなざしで少尉を見つめてから言った。

「我らが少尉にはわかると思うが、この出来事で戦闘部隊全員を残しておくわけにはいかない。何人かは残すが他は筆頭の軍曹が指揮して行軍を続けさせる」

そして、丁寧に答礼してから少尉に背を向けた。

「大尉殿！」

「すぐ戻る」

「大尉殿！」

「なんだ？」

「爆発物処理班は来ないのですか？」

「ちょっとした問題があってな。だが心配するな、手配はしているから。それに必要とあらば地雷は俺が処理する」

それからすぐに大尉はもう一度道の真ん中にもどり、兵士たちの間で直立姿勢をとった。ちょっと間をおいて、「進め!」とでもいうように腕を振った。すると部隊は黒人の案内人を先頭にゆっくりと行進を始めた。

男たちはひとりずつジャングルの道の端が高くなっているところを乗り越え、かさかさという音を立てながら、草や枝の表面を揺らして茂みの中に姿を消していった。そしてずっと先の方の砂地の道にそって再び姿を現した。遠くから少尉の正面方向を横切るとき、兵士の多くの者は安心させるような、あるいは同情を示すようなしぐさの挨拶をして遠ざかって行った。

「少尉殿、頑張ってください」とか「落ち着いてください、少尉殿」とでも言うように。

やがて隊列の最後尾がこちらに合図して遠くに見えなくなった。まだしばらくの間は少尉は感覚が研ぎ澄まされていたので、その下に道が通っているはずの草原の上のほうに兵士たちが立ちあげる微かな埃の雲を見出すことができた。そして、大尉が再び彼のそばに寄ってきてその注意をそらすことがなかったならば、もちろんかすかな話し声や金属音なども聞くことができたはずである。

「わかるか?」と大尉は話し始めた。「どれだけ用心しても行軍中の部隊は常に気配をそこら中にまき散らしてしまう。だからいつだって向こう側から攻撃してくる奴らに有利なのさ。要するに、言いたいことは……すぐ戻るからちょっと待ってろ、いいな?」

軍医と看護兵は砂地に座り込んで、道の真ん中に突き刺さったようになった少尉や行ったり来たりする大尉から目を離さなかった。軍医が少尉に合図すると、その距離からははっきりしなかったが口元が斜めにゆがんだような返事があった。大尉が二人に近づくことを禁じていたので、軍医は少尉を助けたくても完全に無力であることにもどかしさを感じていた。元気づけるすべさえ思い至らないのだ。

大尉が通りがかったときに軍医は尋ねた。

「大尉殿、どうですか？」

「何とかなるだろう……」と口ごもるように大尉は言い、ヘリの方へ歩いて行った。

軍医はふざけて間抜けなふりをして、木になってしまうんじゃないかとか冗談を大声で言った。その白々しさにみんな気まずい思いがした。しかし少尉は力を振り絞って向こうから答えてきた。

「俺の望みはおまえがここに来ることだ！」

返事はすでにお決まりとなった、

「落ち着いて、少尉殿、落ち着いてください」であったが。

けれど少尉は疲れていた。両肩が重く頭を支えるのがつらく、太陽の照り返しに我慢できなくなっていた。Ｇ３自動小銃でかろうじて身を支えていた。もし俺の足がしびれてしまったら？　日射病になったら？　足がつったりしたら？　目を閉じて歯をくいしばり、ゆっくりとした時間の経過とともに血が脈打つリズムに合わせ死が近づいてくるのに少尉は耐えた。

離れたところで兵士たちが大声で話していた。ある者は靴に油を流し込み、重しを置いて地面にきっちり固定してから細心の注意を払ってブーツを脱ぐという方法や、他の者は石で重しをした鉄板を足の周囲に敷き詰めれば地雷を抑え込めるのではなどと話し合っていた。

横を大尉が通るとき「おい黙れ！」と軍曹が命じたが、兵士の言ったことを大尉は聞いていた。「よく聞けよ！」と大尉は怒鳴った。「おまえはよっぽど賢いと思ってるんだな、ちがうかい？ こういうことが起きるのは初めてだと思っているのか？ 大発見をしたわけだ。そのおめでたい方法を実行に移して問題を解決してやろうってわけだ。ならば、やってみろ。おい、恥ずかしがることはないから行けよ！ 地雷に手をかけて、我らが少尉殿を助けてやれ、ほら！」

兵士は黙ったまま気をつけの姿勢をとっていたが、耳まで顔を真っ赤にし当惑して目をぱちぱちさせ情けない状態だった。

「他に誰か言いたいことのあるお利口さんはいるか？」と大尉は兵士たちを睨みつけ言った。「無駄口をこれ以上たたくんじゃない！」

それから、ヘリの隊員と相談してから、少尉のそばに戻って来たが、ちょっと前に大尉が離れていったときに感じた不安とは正反対の何やら嫌な感じがした。

ヘリはその間にがさがさというつむじ風を立て動きはじめ、サバンナから二、三メートル浮上し風で土をあたり一面に吹き散らしながら、その上空で旋回し、敬意を表するような動きをしてから遠くに去って、やがて空中の小さな点になった。

大尉がもう一度そばに来ていたが、少尉は取り残されたような非常に嫌な感じにとらわれた。今度は大尉は手に細い棒を持っていて靴のつま先をめんどくさそうにはたいていた。向こうでは、部隊の兵士たちからちょっと離れて軍医と看護伍長が担架に腰を下ろし深刻そうな顔つきでタバコを吸っていた。

「さて我らが少尉殿、どうだね具合は？」

「ごらんのとおりです、大尉殿……」

数日前に将校クラブで誰かの誕生日を祝っていた時に軍医少尉があの大尉を知っていると言い始めた。

「あいつはひどい奴だぜ！」とすでにかなり酔いが回った大声で怒鳴った。「俺の部隊じゃなかったけど、マフラじゃ、奴のことを知らない者はいない……」

彼が言うには、その頃は大尉はまだ中尉で第二課程の作戦教官だった。マフラにいたあのでっかい犬、部隊の演習にいつもくっついていた、おとなしくて人懐っこい犬のことは憶えてるだろう？奴はあるとき新兵に命じて犬を捕まえて射撃場の標的のそばにつながせたのさ。そうしておいて、士官候補生に犬を標的にして撃つよう命じたんだ。何にも動じないようにするためだと言ったそうだ。

「もちろん狙って命中させたろくでなしは何人もいたよ」と軍医はその場にいた者たちを非難のこもった目つきで睨みつけ言い放った。「いざとなったら誰でも何でもやるのさ、何でもやる奴はいるんだよ……」

みんなはマフラの犬殺しの話は昔からあり、少なくとも首なし大尉の幽霊と同じくらい古いのではと言ったが、軍医はアルコールのせいでいきり立ってテーブルに拳骨をたたきつけながら何度も怒鳴った。

「いや、あの野郎だ。本当だ。あいつだよ。ひでえ残虐な野郎だ」

今は大尉は優しく気づかうように話しかけてきた。

「我が少尉殿、ちょっと聞くが、地雷は結局どっちなんだ？　右足の下か？」

少尉は力なくそうだと頷き、辛そうな取り乱した声で言った。

「大尉殿、爆発物処理班はどうなりました？」

「連絡はしてある。もう向かっているはずだ。それまでは持ちこたえなきゃいけない。あとはわかるだろう、訓練で教えられたはずだが、処理部隊は足の周りをゆっくりと注意深く掘って地雷の側面を出し、上に押し付けるように撃針と靴底の間に薄い鉄板を入れる。少尉殿はそこで解放されるというわけだ。この状況はちょっとした一時的なもので、ずっと後に将来、孫や子に語って聞かせるいい話になる。だが、とりあえず今はこれらの装備を外して軽くしようじゃないか」

地雷があるはずの場所のすぐそばに大尉は立ち、手慣れたてきぱきした動作で留め金を外しベルトや背嚢、雑嚢の重みから少尉を解放した。そして言った。

「我が少尉殿がすべきことはほんのわずかでもとにかく動かないことだ。足の圧力が緩まないよう集中する必要がある。だからといって緊張しすぎて間違って何かの動きをしてもいけない。いいな？」

「大尉殿、こんなことを言っては何ですが、そんなに近くにおられるのはあまり安全とは思えません。親身になっていただけるのはありがたいのですが……」と横向きに少尉が言った。

「馬鹿なことを言うな！　俺たちは軍人なんだから当然だ」

一瞬、少尉は戸惑ったが弱々しく言った。

「俺たち軍人とおっしゃいましたが正確にはちがいます、大尉殿。私は軍人ではありません、民間の技師です」

「技師だったのか、そうか！　だが、ここではみんなと同じ士官だ」とややそっけなく大尉は言い、体をかがめて装備品などを地面に置いた。「だが、どうして歩兵部隊に配属されたんだ？　何かもめごとでも起こしたのか？」

「ＰＩＤＥ〔「国家防衛国際警察」の略語で、一九七四年までの独裁的権威主義政権下で言論や政治活動を取り締まった悪名高い政治警察〕から不利な情報が出たんです。政治的に問題があるという。配属変更されてここに来ました」

「ＰＩＤＥと問題を起こしたのか？」

「工学部で学生運動のリーダーだったんです」

大尉は深刻そうな面持ちで首を横に振ると、

「そうだったのか……学生運動なんか面倒があるだけじゃないか……」と言い、やや皮肉っぽい調子で続けた、「もっとも災い転じて何とかで、そうでもなければ、前線部隊でこうして少尉殿と一緒になることもなかったわけだが……」

大尉がそんなことを言っている間、少尉の心にかつてのある夕方の出来事の記憶がよみがえってきた。想像力が乏しく従順な心の持ち主だったら簡単に忘れてしまうような出来事だったかもしれない。しかし、少尉は神経が過敏で複雑な心境の持ち主でそうはいかなかった。

彼の心に浮かんだのは、叫び声をあげて四方八方に逃げまどっている色とりどりの民衆の混乱した姿で、それを追いかけるように灰色の警官の一団が警笛を口に腕を振り上げ四方の街角から現れてくる情景だった。連呼されるスローガンの響きがまだ耳元に残っているような感じがする。カルモ通りの上にかかった鉄製の橋〔リスボンの下町カルモ通りにある数階建て相当のエレベーターと丘の上をつなぐ鉄橋〕から鞄を胸に抱いて喘ぎながら身を乗り出していた。

「さあ、放り投げなさいよ、何やってるの、今がチャンスなんだから！」と栗色の目を大きく開いて興奮気味にほおを紅潮させた同志の女の声が聞こえていた。

彼は手すりにもたれかかり、網の目を通し下を見ていた。いつもの日常から切り離された群衆が、警官の一団や逃げまどう学生たちと混じりあいながら途切れ途切れにごちゃごちゃになって動いているのが見えた。腕で鞄を抑え、両手をその中に入れ……しかし、そのまま硬直して固まり、次の動作に移れなかった。

手から鞄を引ったくり空中に中身をぶちまけたのは一緒にいたその娘だった。『人民への声明文』ビラは真っ白に空中に飛び散り風に飛ばされていった。逮捕される危険にもかかわらず、彼がその様にしばし見とれているうちに、その栗色の目をした娘は乱暴に鞄を彼の手にもどすと走って逃げて行った。

俺は何もできなかった……怖くて何もできなかったことが彼の心に傷を残した。

大尉は今度は学生運動や検挙された学生たちについて、また世間で言われているようにそういう学生はすべて共産主義者であるのかなどしつこく聞いてきた。落ち着いて長い時間会話しようというのが見え見えだった。

途中に長い沈黙を挟みながらゆっくりと弱弱しい口調でどうでもよいようなばらばらの出来事を

少尉は語り始めた。地雷の上をまたいでいながらサロンでするような会話をしている状況に心中深いところで一抹の怒りを禁じえなかった。しかし、大尉は容赦なく話しを続け、驚きの声をあげたり詳しく話してくれるようせがんだり、質問することもあれば、逆に黙って続けることを促したり、好奇心に飽くことがなかった。

少尉は、もやもやした記憶のなかから湧いてくる不明瞭で落ち着かない言葉が言い過ぎとならないよう、他人に言えないようなことについては気をつけた。話し過ぎないようにという配慮と恐怖に対する居心地の悪さが入り混じっていた。

だから、大尉に言わなかったこともある。夕暮れ時に脇の下に週刊誌(『フラーマ』だったか?)を挟んでちょうど七時に角を曲がって来る誰かを待っていたことについてはもちろん話さなかった。その誰かは彼に向かってにっこりと、

「すみません、マドレ・デ・デウスまではどうやって行きますか?」と聞き、彼は、

「いや、ちょうどグワルダから来たばかりでわからないんです」と答えるのだ。

さらに、その何か月か前に彼が臆病になって何もできなかった時に助けてくれた栗色の目のあの娘が今度は彼に向って理想のユートピアについてくつろいだ様子で語ってくれたことも話さなかった。この間ずっとアフリカでカモフラージュネットの陰で冷たい飲み物をちびちび飲んでいるとき彼の頭から離れない思いがこれだった。あなたには私はヴァンダよと彼女は言った。あの娘の本当の名前は何だったんだろう? いつか彼女に再び会って、あの時、自分の意志をコントロールできなかったこと、あの時に尻込みしたことの弁解ができたなら……当時、彼女は直接彼には言わな

かったものの、ほんの短い間だけ二人で一緒に歩いた夢のような時間に交わした言葉の端々にはそれがはっきりと感じられていたのだ。ああ、彼女の本当の名前は何だったんだろう。それを知ることはおそらくもうないのかもしれない。

この大尉もまた臆病者にちがいない。しかし、少尉は地雷が爆発しそうな状況でこのように危険に身をさらす大尉の勇気を否定できなかった。少尉にはたとえ強がりからでも、今、大尉がしているように部下の危険を分かち合うことができるだろうか。おそらく無理だ。憤りのような悲しみがさらに少尉を苦しめた。

「政治に関しては」と大尉は言い始めた。「俺は水のようなものでな、匂いも味も色もないんだ。だが、俺も思うんだが、おまえに言っておきたいことは、戦争が終われば何かが変わって、自由になるだろう」

「大尉殿、力によってでなければ無理だと思います」と少尉は思い切って口にした。

「力で？　軍隊には力があるじゃないか」と大尉は言い、「確かに不満はあるし昇任の問題もあって……だからといって……そうだな、少なくとも戦争が続いている間はなにもおこらないな」と結んだ。

「力は人民にあるんです、大尉殿。不満がもう耐えられない時、民衆は立ち上がります。そして、少なくとも軍の一部は中立の立場を維持するでしょう」

「六八年五月に起こったことは？　ドゴールの奴はパリを装甲車で囲んだじゃないか。革命は完全に制圧され、あっという間にしぼんじまった。軍部の関与なしではうまくいかないのさ」

その間、離れた場所にいた軍医少尉はいらだった様子で曹長と伍長に向かって感情を露わにして言った。

「しかし、いったい全体なんで大尉はあいつにしつこく絡むんだろう、かわいそうじゃないか！　地雷だけで十分だろう。あの馬鹿は例によってまた勇敢さを見せびらかしているわけだ。戦功十字勲章、戦功十字勲章でも欲しいのかな。俺が決めていいんだったら、くれてやるよ。だが、これ以上少尉にまとわりつかないという条件でな」

軍医は立ち上がって口笛を高く吹くと、帽子を振って少尉に合図し大声で怒鳴った。

「おーい、少しは楽しそうにしろよ！　悪いことはそんなに長く続くわけじゃないんだ」

思わず少尉はかすかに微笑んだ。しかし、大尉は振り返りもせず、今度は人間性についての深い考察を披露し始めた。

「平和、平和というのは……常に二つの戦争の間の移行状態でしかないんだ」そして、ため息をついて言った。「アレクシス・カレルを読んだことあるか？」

大尉によれば、戦争と暴力が人間を心の奥底から突き動かしている要因で、過去においても将来にわたってもそうであり、生存本能の致命的な一部なのだという。狩人や闘牛士、サッカー選手などを見ればわかる、同じじゃないか。それから、クセノフォンやサルスティウス、クラウゼヴィッツなどを長く正確に引用した。

少尉は彼の話しを聞き、その博識に驚いていた。数日前に、大尉が本棚にあった本を指して「ボヴァリー婦人」を英語風に発音し、軍医のひとりがマヌエル・アレグレ（有名な「ああリスボン」

（一九六七年に発表された反戦歌「涙の歌」の歌詞。当時の反体制運動家で後に社会党の代議士となったマヌエル・アングレ（一九三六－）が作詞し、シンガーソングライターのアドリアーノ・コレイア・デ・オリヴェイラ（一九四二－一九八二）が作曲した。別離と死んでいく者たちの悲しみを詠い、暗にアフリカでの戦争を非難した）の話しをしたのを聞いて、いったい誰だいそいつは？　と尋ねていたのを思い出した。それから、このように大尉の知識がちぐはぐであることの理由を突き止めるにはもう十分には生きられないのではと思い悲しくなった。

　それから突然、少尉は話題を変えて、言った。

「人は……」とどもり気味に言い始めた。「人間は死ぬ前にはそれまでの人生をコマ送りのように目にすると言いますが、私にはちっともそんな感じがしません」

「確かにそう言うな。だが、それは溺れて死ぬ人間の話だ。面倒なことは考えるな！　ここでは誰も死なん！」と大尉は言った。

　しかし少尉はすでに限界に達していた。

「大尉殿、地雷処理班はやっぱり来ないのですね……」

「少尉、落ち着くんだ……」

　そして、大尉は地雷は自分が解体すると再び言いはじめ、少尉に地雷の構造や機能、解除するための手順など事細かにまるで精通しているとでも言いたげに語り始めた。

「俺を信用しないなんて言うなよ」と意気消沈して黙っている少尉に大声で言った。

　しかし、大尉との会話の最後の方で少尉は彼に残った最後の力をほぼすべて使い尽くしてしまっていた。体の震えの回数がだんだん増えてきた。両足が痛み腫れて巨大な切り株のような感じがして来た。右足に微妙な揺れのようなものを感じ、ミリ単位で足が砂地をずれて行くような感じがした。

「おまえだけが頼りだ、しっかりしろ、少尉。考えてみろ。爆発したら俺も一緒に道連れなんだ」

しかし、なぜこの大尉は俺をひとりで死なせてくれないんだろう？　前の方へ倒れこめば爆発を背中で受け、まちがいなく即死だ。たぶん、苦しまないだろうし、爆発の音すら聞こえないかもしれない。しかし、背骨が爆発で折れて全身が一生麻痺してしまったら……

両肩が異常に重くなる感じがあり、重みで両足が軽くたわんできた。砂地に突き立てたG３自動小銃で支えた腕ももう持たなくなってきた。震えが来て、大粒の汗できらきら光る大尉の顔が霧のなかで揺れているように見える。

「もうだめです」と観念しきって独り言のように弱々しく言った。

ついに、鋭い痛みが片方の手のひらを貫き、渦を巻くように腕を伝って左肩全体がしびれてきた。大尉は話し続けていたので少尉の言葉がもう聞こえなかった。涙がどっとわいてきて、汗のしずくと顔面で混じりあい、砂や汚れのしみで黒くなった顔に筋を作った。

「母さん！」と少尉は泣き始めた。男たちがこんな時に常に思い出すのは母親なのだ。

「我らが少尉殿、どうか泣かないでくれ。泣くんじゃない！」と大尉は大声をあげ、少尉の肩を掴んで言った。「泣くのは禁止だ！　聞こえるか？　この弱虫！」

しかし、少尉の頭は横向きに肩の上に崩れた。大尉にはもう答えず、嗚咽の合間に途切れ途切れにあえぐような息が聞こえるだけだった。

離れたところから見ていた軍医は何かがうまくいっていないことを感じ取った。そしてまわりの者に言った。

「おいみんな、歌うんだ！　少尉を元気づけよう」

時々声を詰まらせながらきしんだような声で歌い始め、ひとりひとりが加わっていった。

「汽車が出発する、汽車が／汽笛を鳴らしながら、汽車は行ってしまう……」

大尉は少尉の肩を支え、やや不快そうな表情をしたが、言った。

「聞くんだ、少尉、仲間たちが歌っているぞ」

「大尉殿、もうだめです、もう逝かせてください、すみません」

「そうして私の素敵な人を連れて行ってしまう／軍隊生活に／軍隊生活に／あの悲しい生活へ……」

「もうちょっとだけだ！　なんてこった、ここまで耐えたのに……少尉、頑張ってくれ。しっかりしろ、俺が全部何とかしてやる」

大尉は膝をつき、地面に置いてあったバンドからジャングルナイフを抜き、少尉のブーツから二、三センチのところに突き立てた。

背後に聞こえていた歌が突然やんだ。

「大尉殿、手伝いましょうか？」と軍曹が大声で聞いた。

「そこにいろ。なんてことないさ」と大尉は言った。

その時、少尉の体に震えが走り、ふらりとして、それからそのまま倒れこんだ。大尉は大声をあげて砂地の上を転がった。男たちは思わず地面に身を伏せ腕で頭を覆った。

しんとして爆発はなかった。

兵士のひとりが額の砂を払いながら顔をあげた時、軍医と看護兵はすでに少尉のそばに来ていた。

「日陰に運ぶんだ、急げ！　水だ！　早くしろ！」と少尉の体にかがみこみ叫んだ。

一本の木の下のところまで少尉を運んで行った。軍医は迷彩服のボタンを外すと聴診器をあてた。

「いったい、何やってんだ？　頭を下の方にするんだ。ちゃんとやれよ！」と看護兵に命じた。

それから、ちょっとためらったが、軍医はいきなり少尉の胸を拳骨でたたき始めた。殴打する音が規則正しくジャングルの道にこだました。口をあんぐり開けて仁王立ちになって大尉はその様に立ち会っていた。軍医はそれからあきらめて、聴診器をしまうと立ち上がって大尉に伝えた。

「死んでいます。持ちこたえませんでした……畜生、またうまくいかなかった」

軍曹が少尉がいたあたりの地面を探っていたが、やがて近づいてきた。手には太鼓などに使われる類の金属製の小さなバネを持っていた。

「カチッ、見ろよ、これが地雷だ……」

みんな顔を見合せた。気まずい思いがした。

「うるさいな、黙れ！　遺体を運ぶためのヘリを呼ぶんだ。それから部隊は撤収の準備をするように」と大尉が命じた。

その晩、べろべろに酔っぱらった軍医は、部隊を鍛えるとかなんとか言ってジャングルの道にバネを置かせたのは大尉だと演習場の真ん中で大きな声で叫んでいた。

「残酷なサディスト！　どうしようもないサディスト！」と怒鳴っていた。

ブラインド越しに煙草をゆっくりと吸う大尉の姿がだれの目からも見えた。疲れ果てた軍医はついに泣きながら他の将校に支えられ部屋に寝に行った。その頃には大尉が爆発物地雷処理班の出動を要請する連絡はなにもしていなかったことが部隊中に知れ渡っていた。

ヨーロッパの幸せ

ヴァルテル・ウーゴ・マイン
木下眞穂 訳

ヴァルテル・ウーゴ・マイン　Valter Hugo Mãe

1971年、アンゴラに生まれ幼少時代にポルトガルに移住。編集者の仕事をしつつ、詩、小説、児童書などを執筆。2007年に“O remorso de Baltazar Serapião（バルタザール・セラピアウンの後悔）”でジョゼ・サラマーゴ文芸賞を受賞し、“A máquina de fazer os espanhóis（スペイン人を生み出す装置）”が2012年にポルトガル語圏最大の文芸賞のひとつ、ポルトガル・テレコム文芸賞（現オセアノス賞）を受賞。2017年には日本を舞台にした *Homens imprudentemente poéticos*（うかつにも詩的な人々）を出版した。

弾丸が一発、窓をつらぬき父の遺灰を入れた骨壺に当たった。父は広がる影のように居間にちらばった。

ハンナからこのところ銃声がよく聞こえるのだとは聞いていた。行商人のちょっとした縄張り争いは昔からあった。先住者たちとよそ者たちの争いだ。それに、狩りもあった。村の男たちはみんな、狩りの季節が到来すると浮かれ騒いだ。銃を掃除して練習だと言っては缶を撃ち、何かと寄り集まった。興奮と幼稚な昂りで互いに男らしさを競い合った。

工場で、機械の音を耳にしながら作業をしていると、現実なんて目の前を次々に流れていく物でしかない。時計という、装飾を施された時間を数える装置が、実用的で変哲のない日常を刻むだけだ。

シュナベルがタイル床にちらばる遺灰をなめた。焼きすぎて酸味が出た古い肉の味がしただろう。犬はどこかになじみ深いものを感知して、以前のように父の頬をぺろぺろと舐めているつもりだったのかもしれない。私たちはできるところは掃いて、遺灰を袋に詰めた。その後間もなく、シュナベルは原因不明の中毒症状を起こして窒息し、夜の間に静かに息を引き取った。私たちはシュナベルを火葬してその灰を父の遺灰と一緒にした。弾丸が間違っても入り込めないような地下室の梁と梁の間にそれを隠した。春になり、標的が定まらない銃声が新たに絶えず聞こえるようになってくると、あれはシュミットの古い家に居ついた黒人の夫婦を追い立てているのだと噂が立った。それで、あの夫婦がいったい何をしたんだと訊いてみた。ハンナは、いつも家にいて本を翻訳したり物語を考え出したりしているからだろう、そっと私の袖を引っ張った。あとで説明するわというサインだ。ハンナは私よりもずっと世知にたけていた。それで、いつも私よりもずっとまじめだった。

この小さい村では、黒人というものは愚鈍だと、だからいくぶん憐れんでやる必要がある、と見なされていた。私たちも、そんなふうに感じているところはあった。彼らはほとんど教育を受けておらず、へたくそなドイツ語をしゃべり、教会に来れば居心地が悪そうだった。賑やかな歌と踊りのほうがなじみがあるもので、と言っていた。善人で、へつらうような態度さえあったが、なんとなく私たちの暮らしや習慣にとっては無用な人間と見えた。私たちの中にいると、彼らは滑稽に見えた。ただそれだけだ。どことなく哀れを誘った。女のほうは裁縫をし、男のほうは建設現場で働いていた。替えの効かない人たちということではなかった。彼らはただ黒人なのであり、ただそれだけで物悲しそうに見えた。いっぽうで、村の空気を乱しても平気でいられるところはなかなかだと私は思っていた。ハンナは、彼らはドラッグの商売にかかわっていると信じていた。彼らを追い払おうとしているのは人種差別主義者で、頑迷で偏狭な人たちだ、とも言っていた。そういう輩の残党が今でもいるのだと。

金曜日は、夫婦でビールを飲みに出かける日だった。ハンナは飲みすぎないようにと私に注意した。私には素面でいてほしいのだ。ハンナは、守ってもらっていると感じるのが好きだ。帰り道には肩を抱かれ、優しい言葉とキスがほしかったのだ。私たちは結婚してもうだいぶ経つのだが、それでも毎日真の幸せを感じることができた。愛とはそういうものであるべきだ。毎日幸せを見つけること。その金曜の晩遅く、おそらく真夜中近くに、黒人がいかに際限なく家族を引き連れて移民してくるかとか、彼らは不信心者たちで黒魔術のような忌まわしいことをしているなどという話になった。やつらは頭をもぎとり髪の毛を料理するんだ、とだれかが言った。みんなかなり酔っていて、ハンナはお願いだから静かにしてくれと私に頼んだ。私の笑い声が大きすぎるし、このなかに魔女がいるなどばからしいと思ったからだ。みんな笑っていた。それはもう、大人の会話などではなく、ただもっと飲むためだけ、みんなで仲間のふりをするためだけの馬鹿げた会話になっていた。鼻の赤い弾丸の群れだ。だれかが黒人たちは追い出すか、バーベキュー用のチキンみたいに殺してやるのがいいと言い出して、私は笑うのをやめた。その声が帯びる興奮と抑圧と、決めつけた口調から、冗談を言っているのではないとわかったのだ。ハンナがぐっと近づいて私の当惑した顔をごまかした。まだ笑っている者も数人いた。私たちは席を立った。金曜の夜には顔を見せろとゲオルグに言っといてくれよ、とだれかが私に言った。ゲオルグがいたらもっと盛り上がる。やつは馬鹿騒ぎにはもってこいだからな。私はもう返事をしなかった。

黒人の夫婦の家は、私が子どもの頃よく遊んだ家だった。寝室二部屋の壁が戦争中に補強され、食料庫から隠れ場所に通じていた。造りが少々粗末で目立ちすぎる感もあったが、急なはしごが掛けられて狭い穴に降りられるようになっていて、そこに犬みたいに大きい死んだネズミを二匹、投げ込んだことがある。その後、残酷なことをしていることとスカトロジー趣味をシュミットに気づかれ、私と友だちは大目玉をくらって引き離された。長く耐えがたい二週間だった。フランツと私はスカトロジーを好んでいた。私たちは、延々と悪趣味な時代をともに過ごし、鳥を解剖したり怪我している動物を道で拾ってきたりして面白がっていた。そうした動物を密閉容器にしまい、虫たちも一緒に入れて早く食べつくされるようにするのだ。シュミットの一家には得体のしれないところがあり、あの隠れ場所を使って違法な麻薬でも育てているんじゃないかと最近まで私は疑っていた。だが、そんなことは誰にも話さなかった。ハンナにすら。そういったことは彼らのプライバシーの問題だ。私はそうした類の偏見は気にしないほうだった。あの黒人夫婦は、シュミットの商売相手で賃借人として住んでいるのかもしれない。もしかしたら共同経営者なのかもしれない。

　狩りをする人は、いつでもだれかしらいるもので、季節はずれであろうと、免許を持っていなかろうと、ヤマウズラの姿が見当たらなかろうと、そういう人は狩りをした。狩人はぶらりと散歩でもするかのように野原に入り込んでいって、何かしらの動物を抱えて帰ってきた。ときにはまだ若い獲物を狩ってきて、そういうときには褒美を食すという風情で鼻高々に調理したりもした。大きめの動物を仕留めれば、獲物を裏の灯りの下に吊るし、見に来るようにみんなに誘いをかけた。日曜の昼、みんなに大盤振る舞いをすることもあった。あれは狩人だよ、ハンナ。ヤマウズラを撃っているんだ。この村では、みんな狩人なんだから。リストの家の犬は、いま治療中だ。荒れ野にいるところを誰かにウサギと間違えられた。するとハンナが答えた。シュナベルがいなくて寂しいわね。あの子はおかしな子で、老人に吠えついたものよ。また犬が飼いたいかい、ハンナ。今度は小型犬にしよう。そのほうが世話しやすい。私たちは抱き合った。私は妻の居場所になってやり、妻はそこにたどりつき、立ち去りたくないふりをしていた。私が自分の内に造った居場所だ。私たちは微笑みあった。

数日後、教会で小型犬を探しているという話をしていると、例の黒人夫婦がうちの雑種が六匹産んだところで、もらわれ先を探しているのだと言い出した。私は夫婦のところには雑種の犬が一匹いて、それが茶色い斑点がある毛の、なんとも無邪気な犬だと知っていた。それに、なんといっても小さくて短毛なところがうちにはぴったりだと思った。それでミサが終わったらすぐに仔犬を見に行く約束をした。

シュミットの家は以前とはすっかり変わっていた。鎧戸がぴたりと閉じられて光を遮り、いまが昼間だとは認めていないかのようだった。そこで感じるのは悲しさというよりも恐怖だった。ふいに、台所の壁のタイルに穴がひとつ空いているのが目に入った。それは、紛うことなく銃痕だった。それで私は言った。ああいう狩人たちは、いつか人を撃っちまうんじゃないかね。夫婦はぎこちなく笑みを浮かべた。私たちは裏に回り、私は犬小屋にもたれかかった。雌犬が騒ぎ立てたそのとき、この家がどれだけ銃撃を受けているかということに気づいた。六つ、あるいは七つの銃痕がまっすぐ並んであった。夫婦は唸る犬を押さえつけ、私は仔犬を一匹選んだ。仔犬はどれもよく似ていてかわいらしく、私は家を後にした。ハンナは、この子はふた親とも小型犬なのかしら、それとも父親が大きいのならば、際限なく大きくなるかしらと訊いてきた。私は言った。シュミットの家は何度も銃撃されている。家全体をウサギと間違えたといわんばかりだ。黒人たちの家だよ、ハンナ、鎧戸がつねに閉まっているんだ。気づいていたかい。あんな大きな家を、逃げ回るウサギと間違えたりするものか。

あそこのあのポーチで首を吊って死んだとき、フランツは一四歳になっていたはずだ。私たちはいつも一緒で、とても仲良く、容姿も遊びも似た者同士だった。私たちは同盟を結んでいた。離れがたいほど親友同士になる女の子たちと結婚し、一生、近所に住むこと。私たちはなんでも一緒に見つけた。ペニスの大きさを比べ、マスタベーションについて話し合い、一八歳になったらパリに行こうと、毎週硬貨を一枚ずつクッキーの瓶に貯めていた。二人で何冊か本を読んだ。サッカーをして、カエルやバッタ、フランツの母親が育てていた黄色い臭い花を、自分たちがアレルギー症状を起こすのはこいつのせいだと信じて焼いた。彼が死にたがっていたなんてまったく気づかなかったし、彼にしたって妙な態度を見せたこともなかった。彼はふつうの気の優しい少年だった。どちらも一人っ子で、兄弟とはこういうものだと私が思う点において、兄弟のようなものだった。ハンナはフランツに会ったことがない。あそこで首を吊った彼のことを想像するのは嫌だ、彼の顔があなたの顔になってしまうから嫌なのだと言った。あれはすぐそこだった、二番目と三番目の梁の間だ。もうだいぶ背が伸びていて、あと十センチくらいで両足は地面についたのに、ロープはそこまで長くはなかった。だが、それでじゅうぶんだったのだ。私たちは階段に腰かけてマグから牛乳を飲み、スカートをいっぱいに膨らませたワンピースを着た女の子たちが通り過ぎるのを眺めていた。彼女たちに声をかけては、あとからその子たちについて下品なことをこっそり話したりした。私たちは早く大人になりたかった。あの夫婦がいつもどれだけ家を閉めきっているかわからないのか、と私は訊いた。まるでいつも旅行中みたいだ。シュミットの家は喪に服している。あの黒人たちはそれを知っていたのだ。ハンナは狩られた動物が吊ってあるのも見ることができなかった。私たちは菜食主義者になったらどうだろうという話をよくするのだが、二人とも月並みに肉を食べるのが好きだった。私たちは、とにかく月並みだった。さあ、お嬢さん、明るい方を見ることにしよう。静かな日常に戻るため、私はそう言った。

新しい犬にはジリと名づけた。ハンナの父親は昔ウェイターをしていて、その時分にジリ・コラージュという芸術家と知り合った。家の寝室には彼の大きなコラージュ作品が三点あり、近隣の羨望の的だった。私たちもとても気に入っていた。最初の数か月、仔犬は家のどこにでもおしっこをした。ハンナには雌がいいと言われていたし、私もよく確認して、ほんとうに雌だと思ったのだ。ところが仔犬は雄で、まだまともに脚もあげられないうちから縄張りだけは一人前に主張した。仔犬は歩くそばから跡を残していき、私たちはいつもその水たまりを踏んづけた。汚らしかったし、粗相の跡を拭いて回っても、臭いがそこらじゅうにしみこんだ。客があれば言い訳をし、それでも決まりが悪かった。

ビールを片手に天気の話をしたりする、何もなく穏やかな土曜日に、お宅は静かでいいねと言われた。私たちが住んでいるのは特に恵まれた区域で、美しい土地で、大きな樹々や信頼できる人たちが住んでいた。何世紀にもわたり代々住んでいる家族もいくつかあった。何百年という記憶とともにこのコミュニティーに根を下ろしている家族たちだ。こういうたくさんの家族の歴史をみんな知っていた。記録や本が保管され、なかには百五十年近くも前の写真もあったりした。すると、彼らは言うのだ。黒人たちは気の毒なことだ。ここでは居心地も悪かろう。暑くもないし、教会で踊ったりもしないし。移民はかわいそうだな。あの生活は悲惨にちがいないのだから、もっと彼らに合う場所に移った方がいいと思う。きみはどう思う。

その週、黒人夫婦は二人の子どもを迎え入れ、喜びに満ちあふれていた。二人の我が子を呼び寄せることができたのだ。彼らは四人になり、幸福がありあまるばかりだった。四人で通りを歩き、ぴたりと身を寄せあい、非の打ち所がなく清潔な服を身に着け、大理石のような歯を見せていた。私はこの村を縦横に飛ぶ弾丸のことを考えた。シュミットの家にあれほどしょっちゅう弾丸が迷い込んでくるとはたいへんな災難だと思った。黒人の夫婦が息子たちを紹介すると子どもたちはお辞儀をした。ドイツ語は話さなかったが、夢がかなった人に特有の感謝に満ちたまっすぐな喜びを見せていた。子どもたちはジリと遊び、彼らの言葉で犬に話しかけ、静かに笑った。彼らには折り目の正しい慎ましさがあった。両親のように、従順な雰囲気があった。ハンナは子どもたちにケーキを焼いてあげようと約束した。彼らはさらにお辞儀をし、私たちは別れた。私は言った。生活水準のよい黒人の国がないというのは残念だね。ハンナも同意した。私たちが耳にする黒人たちの国はそう数が多くなく、どこも悲惨な状況にあるとされていた。

土曜の午後には広場で蚤の市が毎週開かれていた。先祖伝来のものを法外な値で売る人もいた。我が家の通りの向かいに住むベルグ家はテーブルをひとつ出し、六人の子どもたちが晩餐の食卓につくようにずらりと並んでいた。子どもたちは山のような小物を、中にはものすごく小さな物でも、お金と引き換えにしようと準備していた。頭のもげた陶製の古い兵隊が売れ残っていつもそこに出ていた。古いマイセンの工房で作られたもので、素晴らしい色合いで手の込んだ装飾が施されていた。しかし、頭がないのでだれもつけられた値で買おうとするものはいなかった。素敵な花瓶になりますよ、と売る側は言った。一輪挿しです。摘んだばかりの花を一輪、兵隊の首に挿して、これでどうだといわんばかりだった。とはいえ、それはやはりガラクタにすぎなかった。その土曜日、どうしたことか、黒人の一家はこの壊れた兵隊に目をつけて、たいそう気に入りましたと言った。頭の代わりに花があることを面白がり、かえってこの人は感じがよくなりました、と。戦場がのんきに散歩する野原になったかのように思えたのだろうか。一家はそれをたいそう気に入った。彼らの家には装飾物は一切なかった。値段が見合えば買うつもりだろう。ベルグ家の子どもたちはひいおばあちゃんの兵隊さんを移民の家にやってしまうわけにはいかないとおろおろしはじめて、不明瞭にもぐもぐつぶやいた。美術館にあってもよいような品が、教養高く、客も頻繁にある貴族の館に飾られることを想定して作られた品が、シュミットのぼろ家にもらわれていって移民の何の変哲もない日常を彩ることになるのだろうか。黒人たちにはその皮肉は理解できないようだった。彼らは微笑んだ。高い値段を下げるよう交渉して答えを待っていた。フィッチ・ベルグが立ち上がって値下げはしないと言い渡すと、夫婦は顔を見合わせて、それでもいいと決めた。なくした頭の代わりをあてがわれている兵隊は、いずれにしても美しい花瓶だったのだ。一輪挿しになります、とベルグの子どもの一人が繰り返した。百年以上の歴史あるマイセンの花瓶だ。黒人が自在にヨーロッパにやってこようなどとは考えもつかなかった時代の品なのだ。ベルグの家の者たちは、いまや一族の記憶を、見ず知らずの耐えがたい相手の手に渡してしまったのだ。まるで焚火を囲んで鶏にピンを突き刺したりする部族の一味に譲り渡してしまったような気分だった。子どもたちは背骨に震えが走るのを感じたが、社会規範と大勢の視線に圧されて、このガラクタを法外な値で売るほかなかった。一方で、黒人の一家は包みを大事に抱えて何かを渇望してでもいるかのように四人で家へと帰っていった。彼らは、この、自分たちにも手の届く美に対して良い金を払ったと思っていた。その日、黒人の一家は美しいもののために金を使うまでに上ってきたのだ。彼らが求めたのは普通さであり、そこで白人だけに認められている幸せを求めたかのようだった。彼らは、ヨーロッパの幸せを求めたのだ。

ヴァルザー氏と森

ゴンサロ・M・タヴァレス

近藤紀子 訳

ゴンサロ・M・タヴァレス　Gonçalo M. Tavares

1970年、アンゴラに生まれる。2001年のデビュー以来、多岐にわたる作品を生み出してきた。2005年に“Jersalém”でジョゼ・サラマーゴ文芸賞を受賞。さまざまな作品が国内外で数多くの文芸賞を受賞している。代表作は“O Reino（王国）”シリーズと“O Bairro（町）”シリーズ。「町」シリーズでは、各本のタイトルに世界の文学者、芸術家などの名前がつけられている。本書掲載の短編「ヴァルザー氏と森」は「町」シリーズの一作にあたり、スイスの作家、ロベルト・ヴァルザーの名前がタイトルについている。

I

ヴァルザーのうれしさといったら！　野生の樹木がうっそうと生い茂り、よもや暮らす人などあるとも思えぬ大自然のまっただなか――偉大なる文明のみが有する利器を駆使し――そこに見事、完成したのだ……ふつうの家が。それは豪華でもなければ派手でもない、ただの住宅にすぎなかったが、その主たるヴァルザーは、目下、天涯孤独の身ではあるものの、ついに完成とあいなったこの建物に――いったい何年かかったことか？　何年も、だ！――実は、まじめな話、ある夢を思い描いていた――生涯の友とめぐりあうという夢を。

これまでを鑑みるに、人を招くという行為は、もう何年も前から頭のなかではっきり文字にされ、言葉にされていたものの、快適かつ外界から隔てられた、自分個人の空間がないということが、それを実践する上で、のりこえがたい障壁となっていた。それが今ではどうだ、まだ鼻につくまあたらしい木の香り、壁のペンキのにおい、家にぬくもりをもたらす家電製品の音――単身者用ではあるが、独り身だって当然食べもすれば汚しもするのだ――この新しい家がある今ならば、なんだってできそうではないか。ヴァルザーにとってこの家は、森という人間ならざるものが領有してきた場において、人類がしるした単なる一歩という以上のものだった——だれかとはじめて言葉をかわすのにぴったりの風景ではあるし——どんなにのぞんでいたかを思えば、なおさらだ。ゆったり腰を下ろし——もうソファだってある！——よもやま話ができたなら、と。

ヴァルザーは、遠くの井戸からバケツの水をせっせと運ぶように、毎朝新聞を下の町から取ってこようと決めていた。なるほどたしかに、家から中心とおぼしきあたりまでは地理的な距離があり、あちらではたえずなにかがあれこれの決まりにしたがってひっきりなしに起こっているようだったが、その距離は、薄っぺらい新聞紙の上に、また異なる光を投げかけた。要するに、もろもろの世事が存在する余地を物理面で、ある意味では精神面でも、残しておくということだ。その日課の必要欠くべからざること、映像の視聴を可能とする何らかの技術製品を取りつけることなど、ヴァルザーははなから却下していただけに、なおさらだった。新聞だけ。それ以上はだめだ。

II

いわば、だれかと話をする、ただそのための場所をつくろうという夢、つまり大事から些事にいたるまで、国家、大陸をまたいだ問題からほんの隣近所の用件まで、だれかと話しあい、意見をやりとりする場所、理性的な共生環境への切なる欲求は、おそるべき都会の喧騒に、愚かにもただおぼれることと混同してはならなかった。とんでもない、新居の立地は、いいかげんに選んだわけではないのだ。いちばん近い町からもゆうに数キロはあり、周囲には、すでに述べたとおり、うっそうたる天然の森が広がり、行く手をはばむ木々の枝に、にっちもさっちもいかなくなること一度ならず、ふらりとさまよいこむ者などまったく受けつけようとしない――まして、もっと大きなものが入りこむなど、考えるだけ無駄というもの。ヴァルザーの家までのびる轍の跡があるとすれば、それはたとえば、手押し車がせいぜいだった。おまけにこの一本道も、ところによっては幅が二メートルもない。だから、毎日ではないにせよ、（少なくとも）月に一度は必ず、それこそかよわき乙女のように守ってやらねばならなかった――ひそやかに、しかしまちがいなく着実に侵入してくる森から。

道の辻をみな通り過ぎ、もはやその先は彼の家ばかりとなる地点からは、文明の利器が築きあげたこの小さな絨毯のような敷地を守るには、自分よりほか頼るものはないとヴァルザーは重々承知していた。法の上では、むろんそれは彼個人の責任ではなく、共同体の責任なのではあるが、ヴァルザーは、深くではないにせよ――だいそれた幻想を抱かない程度には――人間というものをよくこころえていた。だから、自分用にそれなりの大きさの斧を買い入れて、まず足を踏み入れそうにもない部屋に、きちんと（隠すように）しまいこんだ。というのも、そのようなしろものは、ヴァルザーにしてみれば、ある空間に――いや彼の、だ――許すまじき攻撃性が入りこむことだったから。ここは、まるきり反対のものが集うべく作られた場なのだ――相手への思いやり、長い話しあいの末に理解にいたったふたりが交わすかたい握手、感極まった別れの抱擁、そして、ひょっとしたら――ヴァルザーはまだ望みを捨ててはいなかった――熱烈なキス、生涯の伴侶との出会い。

III

ヴァルザーのうれしさといったら！　家のドアを開ければ、もうそこは（と、彼は感じる）別世界だ。もはやこれはただの物理的な空間移動（歩いて二歩）ではなく、時間移動（ずっと強烈）でもある。後ろの足はいまだ大地の香りにつつまれ、さだかならぬが確かに存在し、われらには完全には理解しえない、われらのことも理解しない生命体――森という大自然――にとり囲まれている感覚がある。その後ろの足を今度は前へふみだしドアの敷居をまたぐ、するとその距離は、何センチどころではない、何百年、いや何世紀だ。背後でドアをしめると、ヴァルザーは、非人間的獣性が背後に遠のき（とはいえ、そこから数十億年後、なみなみならぬ知性にめぐまれた存在が現れたわけだが――つまり、人類というこの孤独な建設者が）、人と人ならざる大自然の間に横たわる深い間隙に落ちてゆくのを感じた。森のなかの一軒の家、すなわちそれは、絶対的純理性の勝利なのだ。

IV

家じゅう、まあたらしいにおいでいっぱいだ！　つやつやと輝く木の床は部屋から部屋へと続き、その部屋数ときたら、多すぎてヴァルザーにも数えきれない。確かに、多すぎる。しかし、だれも家など建てようと思わぬ土地にできるだけおおきい家を建てようとしている者を、どうしてとがめることができるだろう？　この先なにがあるか、わからないじゃないか？　さらなる部屋の計画をねりながら、ヴァルザーは思った。人生どうなるか、だれにもわからないじゃないか？　事実、この家は単身者用ではないのだから、目下のところはそうだとしても。てっとり早く言うならば、ヴァルザーは期待におおきく胸をふくらませていたわけだ。

V

だが、おおきな夢には、おまけがつきもの。ヴァルザーは、しょっちゅう家で迷った。ある部屋から別の部屋へ、それからさらに別の部屋に行ってから忘れ物をとりにもどろうと思っても、たいがい無理だった。しかしそれすら、いやになるどころか、ゆかいだった！　そのたび彼は童心に返った。いい年をした大の大人が、常識の範囲というものをこれまで学んでこなかったのか？　確かに多すぎたが、まあいいではないか。人生ははじまったところなのだ、終わりではなく。

VI

キッチンで、ヴァルザーは興味津々、壁のタイルに手をすべらせた。ほかより飛び出ているのがあるかと思えば、（当然）くぼんでいるものもあり、それでも全体としては、おなじ平面上にならんでいる。床のきわで、タイルの小さな四角形は角も落とさず、こともなげにおさまっている——

単に腕がいいだけではない、頭でねられた仕事だ、あらかじめ考え、はじめるときにどこで終わるか、ちゃんとわかっている。その場のやっつけなどではない、なるほど、いい仕事だ。それから蛇口をひねって、コップも使わず、子どもの頃したように首を傾け水を飲んだ。こんなに美味しい水は、生まれてはじめてだった。あごからしたたるしずくを手でぬぐうと、思わず喜びの声をあげそうになった。とうとう、本当に僕だけなんだ！　あたりには、物音ひとつしない。

さらに、家じゅうの腰板の、完璧なこと！　おまけに、そのすぐれた美的センス！　色と形のくみあわせは、自然界にあるべくあらねばならないという見解そのものではないか。ヴァルザーは、深々と息をついた。もう一生、はなさない。

そんなわけだから、ヴァルザーがダンスさながら家具をなで、ドアのノブをまわし、あちこちの椅子で座ったり立ったりしても、はしゃぎすぎだと責めるわけにもいかないだろう。それから彼は、グレーの二人掛けのソファに腰を下ろし、早速相手を思い描いた。どんなふうに彼女の髪をかきわけようか、どんなふうに寄り添おうか。だってここはもう僕のもの。僕の新しい家なんだから！

そこでヴァルザーは居間のテーブルにむかい、もうかれこれ何年も前から思い続けていた手紙を、テレーザ・Mにあててしたためた。文面には、抑えた筆で新居のことにふれ、ごくごく控えめな言葉で、ぜひ一度お立ち寄りください、と書いた。それにどれだけかかったことか。うんと、だ。それぞれの言葉をしかるべき場所に、一文字一文字きちんと書いた。まるで家の構造そのもの、家の基礎をになっているかのように。一心不乱なヴァルザーの様子といったら！

おしまいに、住所は封筒のおもてを見ればわかるものの、重複となるのもおかまいなしに、手紙にも略地図を描き、家の場所を示すおおきな「×」印をつけた。ちゃんと彼女が――僕のテレーザが――、道に迷ったり、まちがえたりせず、この新しい家のドアまでたどりつけるように、と。

VII

だが、そのときふいに、呼び鈴が鳴った。だれだろう？　まさか彼女のはずがない――手にはまだ手紙がある。だとしたら……

入居してまだ二時間もしないうちから、もうお客か――はじめての夜もまだなのに、とヴァルザーは、この最初の客をなんとなく迷惑なものに思ったが、やむなく新居の喜びから身をひきはがした――友が来たんだ。玄関にむかうまえに、手紙を封筒に入れ、状況の急変に――ひとり孤独にひたっていたら、だれかの訪れでたちまち期待で胸は高鳴り――どこか落ちつかぬ気持ちのまま、封をした。客をむかえに新居のドアを開けると、そこにいたのは、どう見てもなにかの作業中らしきひとりの男だった。

「なにかご用？」ヴァルザーはもぞもぞと言った。

「トイレの水栓です」男は言った。そして家にあがりこんだ。

VIII

ぴかぴかの新しさに舞いあがっていたのだろう、まさか不備があるとは気がつかなかった。自分自身に関する、だいたいにおいて物質的なこと——筋肉の状態や呼吸のリズム、なんとも表現しようのない、たしかな精神的安らぎからなる、ここちよさという感覚——であれ、家のなかのことであれ。どこかの水栓工事がまだだって？　でもそんなこと、この僕にどうしてわかる？

「そういうことなら、まあ、よろしくお願いします」

「なにごともやりっぱなしはいけませんから」ヴァルザーは、その場の静けさをやぶるため軽口をたたいたが、返ってきたのは、声にもならぬ了解のつぶやきだけだった。

IX

もとの場所からはずされ、床に転がっている水栓コックは、しばし休憩しているように見えた。まだ作業も終わらぬうちから、ヴァルザーは、この男にいくら感謝してもしきれない気持ちになった。この熱烈な感情は、なされるべきことがなされていることからくるものだった。それも、かくも静かに、迷いもなく、水栓コックと床が、文字通りひとつにとけあってしまうまでに。

モンキーレンチをあやつり、男ははじめ、水栓コックを管にとめていたナットをはずした。それからコックをはずし、思うに、おそらくは内側のすべりをよくするために、パラフィンを少々塗った。さて、あとはあの四角い工具入れから新しい水栓コックの登場を待つばかり、と思ったが、そうではなかった。

「たぶんどこか漏れてるな」男が言った。

ヴァルザーは洗面台をのぞきこんだ。当の問題に最大限の関心を示しているつもりだったが、実のところ、頭ではまったく別のことを考えていた。

本当は、忘れがたいペンキとニスの香りにこころゆくまでひたり新しい部屋でくつろぐひときが、待ち遠しくてならなかった。この香りには、決定的な意味があるのではないか、それも物質的な意味ではなく、歴史的な意味が――物語のはじまりを告げる常套句の、物質界におけるアナロジーなのではないか――つまり、童話の「むかしむかしあるところに」だ。僕はあらたな一歩をふみだそうとしていたんだ、そしたら、あの男がいきなり割りこんできたのだ。むろん悪気があったわけじゃない、それはそうだが、しかし新しい生活とヴァルザーの間には、今や実質的な障害物が存在していた――配管工が。

おまけにヴァルザーには、目の前でなにがどうなっているのか、さっぱりわけがわからなかった――水道管の形からは、いかなる解釈も想起できなかった。それをある機能を備えた、なにか大きな物体の部品というよりは、ほとんど抽象的な形として見ていた。それぞれにいかなる役目があるのかわからぬまま、ヴァルザーは、審美家が見たこともない絵を仔細にあらためるように、水道管をながめていた――そして、そこからなんらかの意味をひきだそうとした。それも実用的な意味ではなく、（言うなれば）精神的な意味を。目の前の出来事と彼の思考はかくも遠くへだたっていたので、配管工の動きはまるで映画のように見えた。ふたりの間にフィルムがあって、片側だけが、つまり彼、ヴァルザーのほうだけが、現実であるかのように。

X

目下、スクリーン上の出来事で彼の関心は、瑣末なただ一点にあった。それは、配管工が工具入れから取り出しては床や洗面台の上に広げる、さまざまな物や工具の数だった。視野にある物が多ければ多いほど時間がかかる、ということだ。ヴァルザーは、数分前には、もっといろんな物が散らかっていた、とふんでいた。それならきっと、もはや動きも引き潮、退却——そして彼はゆったりとあとに残される。もうすぐ帰るだろう。

そのときだ。呼び鈴が鳴った。またか。

ヴァルザーは黙礼してことわると、かたときも仕事の手を休めぬ配管工のそばを離れた。

そしてドアを開けた。

するとそこには、またもや、工具箱を手にした男が立っていた。

「床板です」

ヴァルザーはほほえみ、頭で男をうながした。

XI

それから半時間とたたぬうちに、三度目の呼び鈴が鳴った。

そこにいたのはひとりの男で、どこかの部屋の壁のなにかをなおしにきた、ということだった。どうやら亀裂が、ということらしい。

つづいてあとから、別の男がやってきた。ドアを閉める間もなかった。窓だよ――建てつけが悪いんだ。ヴァルザーはわきに身をよせ男を通し、そのあとについて男の示す窓にむかった。ヴァルザーの目には、当の窓になんら異状があるようには見えなかったが、あらたにやってきたこの男が、話し好きで気さくなばかりか、一流の職人であるのは歴然だった。

「観音開きにしたのはいい、開けるのが楽だしな、だがかんぬきが戸の高さでのびて溝をすべっていくと、ちょうどここのところで、しょっちゅう隙間があいちまう、な？ これをここにもっていくには……こりゃあ窓をはずさなきゃ！」彼は声をあげた。

異議を唱えようにも、どう言えと？ だが、またも呼び鈴が鳴って、ヴァルザーはしかたなくその場を離れた。

窓をはずすだなんて（それも初日早々）、なんてことだ。

XII

それから午後いっぱい、さまざまな職人が次から次へとやってきた。愛想よく客を出迎えては、すでに進行中の作業の進捗具合を見にいく、それを振り子のようにくりかえすうち、ヴァルザーはある意味、われを忘れていた。

かたや家はというと、だんだんそれとわからぬ姿になりつつあった。どうやら問題は、当初予想していたよりも、はるかに重大であるらしかった。すでに二枚の窓がはずされ、かわりに一時しのぎの段ボールが、強力なガムテープで壁に貼りつけてあった。

「見た目は悪いが、いっときのことだから」だれかがなだめるように言った。

すこし先では、二、三人の男たちが床の上にかがみこみ、「浸透の問題で」はずされていた床板をはめこもうとしていた。

さらにその先では、今やすっかり見通しのきくあちこちの部屋でも、床板がはずしてあるようだった。

二人目の配管工が、目下、下水管の詰まりをとろうとしているその横で、第一の配管工は、今日中に作業を終わらせるのは不可能で、最低数日は水道を止める必要がある、とヴァルザーにこんこんと説いていた。

すると今度は、壁のそばにいた男たちも――ひびや割れ目を繊維入りパテで埋めていた――、今日中に仕事を終えるのはとても無理だ、と言いだした。ひとりが、難しい作業だから時間がかかる、と説明した。たいがいのちょっとしたひびなら、パテで埋めてならしておけば問題ないが、それ以外はあついペンキを一、二度上から重ねる手間がいる。

「なるほど」ヴァルザーはうなずいた。僕の新しい家には、まだ少々手直しがいるのか。それならしかたない。僕は専門家でもなんでもないんだからね？

「配電設備は一から見なおしだ！」だれかが奥で叫んだ。表面的には、それはヴァルザーにむけられたものだったが、だれの耳にもそんなふうには聞こえなかった。

実際、いうなればそれはニュースの鶴の一声だった。大衆に警告を発するものであって、ひとりの家主にむけたものではないような。

三人の男たちが、すでに分解されたグレーの——二人掛けの——ソファの一部を運びだしていった。聞くところによれば、「スプリングの修理」のためだった。

と、あちらからこちらへ、こちらからあちらへ、二人の男が目の前をよぎった。さもうんざりした、むすっとむくれた顔をして、あまり上品とはいえない言葉でなにやらぶつくさ文句をもらしていた。しょっぱなから電気の配線がまずいなんてよ。

「電気は切ったりしませんよね？」と問いかけるヴァルザーの顔はほほえんでいたものの、そこには返事に対する恐れがありありと浮かんでいた。

XIII

だれも返事をしなかった。みなめいめいの仕事にうちこんでいた。電気工の男が、ただほほえみで応じた。それは唇のはしで、この技術分野における明らかな優位を告げていた。無神論者を前にした信者でさえ、これより満ちたりた笑みは見せないだろう。

一方で、そこかしこに脚立が立てられ、数名の男たちが天井板をとりかえていた。言わく、へぎ板が「誤って」貼りつけてある、とのことだった。

「とにかく、貼っちゃだめなんです」ひとりがヴァルザーに説明した。「へぎ板は釘なり、かすがいなりでとめるもので、貼るもんじゃありません。それに、だいたい半メートル間隔で隙間をあけなくちゃいけない、少なくともね。この封筒はおたくのですか、ちょっといい？」

ヴァルザーは返事につまった。気がきかないやつだと思われたくはなかったが、でも、その手紙は……

男は話をつづけ、封筒でへぎ板の間の隙間をほじくった。

「ほら、ここの空きがこんなに小さい。それに……」さらに男はつづけた。

しかし、あいにくヴァルザーには、つづきが聞こえなかった。家の反対側から、すさまじい轟音がとどろいてきたからだ。

XIV

実際のところ、配電設備の問題で壁を取り壊すなんて、と素人ながらも思ったが、そんなこと、僕にわかるわけないじゃないか？　彼は何度もひとりごちた。それでも、新居の初日というこの記念すべき日ではじめて、ある種の不快感が否応なく胸にしのびこんできた。せめて、ちょっと知らせてくれればよかったのに。壁を壊すとは、まったく、どういうことだ。

「こんなことまで必要だったの？」ヴァルザーはたずねた。うず高く積まれたタイルの破片が数メートルほどの山になり、部屋の床をほぼうめつくしている。

「電気工事で？」

「いえいえ」ひとりの男が答えた。「このほうがいいでしょう、行き来も楽だし。二間をつなげて広々するから、ものすごくゆったりしますよ」

「なんだって？」ヴァルザーは、相手のほほえみと心からの説得にたちまち武装解除されて口ごもった。

「ずっといい感じになりますよ」

いずれにせよ、そのまま会話はつづかなかった。おもてでだれかが、すぐに来てほしいとヴァルザーを呼んでいた。そこで彼は即、とびだしていった。

XV

組みのひとつひとつはほぼ均一で、幅と長さは、そこで人間がひとりにならずにすむ程度にはあるものの、それでも一度にのれるのはせいぜいふたり、それも体の重さや体格はかなり制限される。足場の木材が数時間前から組まれつつあり、ヴァルザーは、周囲の働きを受け入れつつ、新居の窓のない裏手にそれが組まれてゆくさまを、なんら異を唱えることなく見守っていた。

そもそも、そうする以外になかった。みなの仕事熱心なこと、ただ感嘆するよりほかなく、数時間もしないうちに家の裏手に上る足場を手配してしまった。見たところ、きっと、なにかちょっとした手直しだろう、それがなんであるのか、正確なところはまだわからないが。家の外にたたずむヴァルザーは、この新居を修理してくれる男たちの身を案じ、ついほろりとした。

ふと彼は、組みあがった足場にながめいった――ひどく即物的で、金属と木材の混合にある種の巧みな知恵が存在していることなど忘れてしまう――交差する金属は、一見不毛な一種の配管系をなしている、というのも水道、ガス、その他明確な経済的効果をもたらす物質はなんらそこに通っていないからだが、実のところその配管こそが、おそらくは最大の困難を可能にしていた。つまり、危険もなく、まあ少なくともたいした危険はなく、この家の屋根にのぼるということを。

もちろん、美的な面からいえば、足場は目障りだった。

なんといっても、この家は新しいのだ。新しい、というのは、単に新築という意味じゃなく――おや、まだ一日もたっていないじゃないか――、若いということが、死までそれ相応の距離があるという意味で、だ。この家には、洋々たる前途がひらけていたんだ、完成した今朝その瞬間から。だのに、こんな足場が組まれていては、壊れやすいこと、なにかが故障していること、修理が必要なことを、予告、喧伝しているようなものではないか（というより、それがあること自体、すでにそうだということだが）。

とはいえそれは、彼の埒外だった——きっとこうした作業のひとつひとつには技術的な意味があるのだろうから、むやみと口をはさんだりしないほうがいいだろう——いつだって彼は、個々人それぞれの目的と傾向を尊重した。

ついに、ひとりの男がこちらにやってきた。

「これはどういうこと？」ヴァルザーは、足場をさしてたずねた。

「屋根ですよ」男は答えた。「穴があいてます」

XVI

それは、見たところどうってことはない、屋根裏の亀裂のことだった。

ヴァルザーは家にもどり、上に確かめにいった。僕の新居が、なんてことだ。今度は屋根に穴だって！　ほんとうに、ごくごく小さなものです——男たちは言った——ええ、でも、亀裂は亀裂ですから。ご自分の目で確かめてみれば。

彼は屋根裏にたどりつき、作業台によじのぼった。ヴァルザーがあきらかにこの手のことに不向きなのをこころえ、親切にもふたりの男が——ひとりずつ両側から——支えてくれた。「わかるでしょう！」男たちはなんとも心細げに言った。台の上で、ヴァルザーはまず足をのばし、それから腕をのばし、おしまいに指をのばした。穴だ！ 新しい屋根に。ほんとうだ。だがもちろん、亀裂はそこになにかがない、ただそれだけですむ問題ではなかった。いや、それどころではなかった。瞬間、ヴァルザーは、なにかがこちらにむかって飛んでくる気がした——と、上からなにかが落ちてきて、まるでいたずらのように、ぽん、と頭にあたった。それからまたぽん、とあたって、どこかへ消えた。どこだ？ わかるわけないだろう？ 屋根の上だ、死角になって、ここからは見えない。

するとそれは、つづけざまにぽんぽんと、ますますはげしくぶつかってくるようになった。はじめは、ただのつむじ風のきまぐれだと思っていたが、今やそれは、ヴァルザーにとってあきらかな脅威となっていた——議論の余地なき脅威、理由も説明も不要の脅威。だが、実際、彼——新居の初日をゆったり、静かに過ごしていた、その彼が感じていたのは、これだけだ。頭にうかんだかすかな予感と、おなじくかすかな外部からの提案——誘惑ともいうが——、それが予期せぬ天井裏の屋根の穴からしのびこみ、彼をおしやり、ひっぱり、しかとはわからぬある行為へと招きよせているのだ。広大な、ひとたび入ればぬけだせない悪の野に、かつて一度も足を踏み入れたことなく、これからも決して足を踏み入れることのない悪の野に。

ヴァルザーが台からおりると、男のひとりは妙なほほえみをうかべた。

「そうだね」ヴァルザーはうなずいた。「あれはふさがなくちゃ」

XVII

ヴァルザーの家にその晩泊まらせてくれないかとたのんできた最初の人間は、電気工のひとりだった。すると、ほかの者もわれもわれもと願いでた。

とうに日は暮れ、道を下った、家々が軒を並べる一番近い町までは何キロもあるうえ、あの道は夜道としてはとてもおすすめできるものではなかった。ヴァルザーはすでにへとへとだったが、客のために最後の力をふりしぼった。毛布をさがし、マット二枚に枕をとってきて、わが家でだれひとり不快な思いをすることのないよう奔走した。しばらくすると、みな好きにさせておくのが一番だという気がした――めいめい自分で居心地のいい片隅を見つけて休むだろう。おまけに、いちいちことわる者などいない、実際目くじらたてることでもないが。というのも、工具やらタイルやら、そのほかさまざまな物が床の上に散乱し、もうもうたる埃がいまだ視界をさえぎっているせいで家は行き来もままならず、奥の部屋にいる多くの者は、ヴァルザーがいる部屋のあたりまで来るのもむずかしいだろうから。もはや、細かいことなどうるさく言ってはいられなかった。

「みなさんにはこのへんでやすんでもらうとしようか」根が世話好きなヴァルザーは、すっかり保護者気どりだった。「もう夜ですよ！」

灯したろうそくを手に――とうに電気は切られていた――床のあちこちに散らばる人やら物やらの障害物を注意深くよけながら（すでにいびきがちらほら聞こえてくる）、ヴァルザーはなんとか自分の寝室にむかおうとした。かくも長く、労多き一日を終え、ついにベッドに身を横たえ、記念すべき、この家で最初の眠りにつくために。

とはいえ、あたりは真っ暗で、手もとのろうそくや、そこかしこでぽつぽつ灯る明かりぐらいでは助けにもならず、家の具体的かつ物理的変化のせいで――あるところでは壁が壊され、以前行きできたところには壁ができ――、ヴァルザーは、自分の部屋を見つけようと何度もこころみた末に、ついにあきらめてしまった。そして、疲れ果てたあまり、その場でやすむことにした。さほどせまくはないものの、どうやらそこは廊下のようだった。まさかこんなことになるとは思いもよらず、上着は部屋においてきてしまったし、窓ははずされ、そこをふさぐ段ボールも十分とはいえなかったから、あたりの寒さといったら、いやおそらく家じゅうどこでもそうだろうが、半端なものではなかった。

ある種の後ろめたさをおさえこみ、ヴァルザーは、数メートル先でいびきをかいている男に近づいた――だれだろう？　見おぼえのない顔だぞ！――そして実にゆっくりと、慎重に、小さな毛布を自分のほうに引き寄せた。毛布はすでに男の足もとにずりおち、もはやその役目を果たしていなかったから、さほど良心のとがめを感じずにすんだ。

毛布にすっぽりくるまり、壁に身を寄せ――ふと気づくと、壁の腰板はすっかりはがされていた――ヴァルザーはようやく、かくも長い一日の末、ひどくのどは渇いていたものの、ひっそり、明日に思いをはせながら眠りにおちた。その胸を、期待におおきくふくらませて。

美容師

イネス・ペドローザ　後藤恵　訳

イネス・ペドローザ　Inês Pedrosa

1962年にリスボンに生まれる。メディアの世界に長年身を置きつつ作品を執筆し、コラムニストとしての評価も高い。2008年から2014年にかけて史料館「フェルナンド・ペソーアの家」の館長を務める。国内の文学賞を数多く受賞している。

柔和な人々は幸いである。なぜなら大地を受け継ぐであろうから。
マタイ福音書第五章第五節

髪を切るっていいですね。私も短いほうが好きです。髪形を見たら人となりがわかるし、想像力があるかとか、向上心があるかとかもわかるでしょう。長い髪って工夫のしようがないですよね。美しいとしてもそれは生まれつき。運がいいだけで、人となりとはあまり関係ないでしょう。自分でどうこうできることじゃないから。女が髪を切るのをためらうのって男のせいですよね。私が初めて髪を切ったとき、父は口を利いてくれなくなったんです。まるまる一か月私に話しかけないで無視したの。二度と私は髪を伸ばさなかった。父はときどき「ああ、ああ、おまえの髪はもう二度と伸びないのかな?」って聞いてきました。伸びないの、きっと病気なのと答えていました。毎週髪を切ってたんです。美容師になると決めたのはその頃。父は髪が伸びないのは天罰で虚栄の罪で神様が私をそんなふうに罰しているんだと言うんですよ。せっかく神様が与えてくれた美しさを台無しにしちゃったから神様もお怒りだって。私は誰にも嫌な思いをさせたくなかったの。家ではみんな小さな声で話していました。母は人生で一番大切なことは思いやりだと言ってましたね。「人を幸せにすれば、あなたも幸せになれるのよ」って。だから、おじが私の口にこっそりキスし始めたときもされるがままにしてたの。最初は顔をそむけて、いやだと拒んだけど、おじは私を叱るみたいに「悪い娘だ、君のことが大好きなおじさんを悲しませるなんて」と言うんです。だから私は悪い子にならないようにされるがままにしてました。おじの口は大きくて濡れててねばねばしてタコみたいだった。私が四歳か五歳のときのことです。それからしばらくたつと、おじは私の体をいじりはじめて、パンツの中に指を入れてきたんです。私は「いや、おじさん、ごめんなさい、いやなの、許して」って声をあげたけど、おじは笑いながら、いや、だめだよ、許さないよ、私がいやかいやじゃないかは大事なことじゃない、小さな女の子には自分の考えなんかないんだから、と聞く耳をもたないんです。女の子には自分の考えなんかないって母もよく口にしていました。例えば、スープが嫌いだとか、おじの家に行きたくないって言ったとき、それに予防接種に連れて行かれて痛がったときに。「痛いけど大切なことも子どもにはあるのよ。大人には分かるの」ってね。だから、おじが私に痛い思いをさせたあのときも怒らなかったんです。ちょっとだけ文句を言って声を立てないで泣いたの。八歳のときでした。

ハイライトを入れましょうか。白髪が隠れますし、髪に艶が出ますよ。とてもお似合いだと思います。お若くなります。自分を大切にする女はいつも若くなくちゃ。確か夫はそう言ってました。一度、彼が天気予報に出ている女と寝ているところを見つけたことがありましたけどね。へそを出してテレビに出て、明日は「奥のほうで」雨が降ると言う、あの手の女ですよ。「奥のほうで」だなんて、いったいどこのことを言っているのかって感じですよね。夫はすごくハンサムでしたから悪いのは彼じゃないの。片方は青でもう一方は緑の、湖みたいな澄んだ目をしていたわ。アソーレス島のセッテ・シダーデス湖みたいな。いきり立ったときだけ、両方の目が同じ透明に近い青色になって、怒りの火を噴くの。彼を怖いと思うのは別に嫌なことではありませんでした。初めて知り合ったとき、あの人ったらテレビ局のスタジオで誰かに怒鳴ってたのよ。びっくりしちゃって持っていた書類を落としちゃった。そうしたら、突然矛先が私に向いてきたの。無能で役立たずの救いようもない、根性なしの怠け者はもうたくさんだ、この国はこんな奴らばっかりだって。書類が全部床に散らばっちゃったから、しゃがんで拾おうとしたら、彼はどんどんエスカレートして、「そうだよ、おまえも怒鳴れよ。このイカれた無礼者がって俺に言ってみろよ」って。私は顔をあげて彼を見つめると、「私は誰にも怒鳴ったことなんかありません」って言い捨てたわ。そうして残りの書類を拾って、泣きながらその場を立ち去ったんです。

泣くのが癖になっていたんですね。涙の熱い感じが好きだったの。落ち着いたんです。今にも激しい怒りがこみあげてきそうになったり、絶望しそうになったりすると、血が騒いで、のどがきゅっと締まって、釜から沸騰して湧いて出るみたいにあの暗い液体の陰鬱な波が両目に溢れてくる、あの感じ。目の前がかすんでくると、今度は溢れてくる涙が邪魔をして泣くことができなくなって、濃い霧で体が麻痺してしまう。窒息する寸前になってようやく、涙がゆっくり、少しずつ解放されていくの。その瞬間をめまいがするぎりぎりのところまで引き延ばすのが好きでしたね。このまま死んでもいいと思う時もあった。見えない涙の海に溺れて、秘密を曝すことないままにね。けど、結局毎回涙を見せびらかしたい気持ちが勝ってしまって、キラキラのダイヤモンドの雨みたいに涙が頬をゆっくり流れていくの。ダイヤモンドの炎が肌を温めて心を穏やかにしてくれるのよ。どんなときも私にとっては最高の宝石で、何にもかえがたいものでした。現実へと私を連れ戻してくれて、ときに思いやりの心までも取り戻させくれたのだから。涙がひと粒ずつ盛り上がって、怒りの厚い波からやっとのことで分離していくのを感じていました。何十ものしずくがたった一度だけ頬をつたうという名誉ある運命を求めて戦うの。ひと粒ひと粒の涙は強い怒りに身を任せることからの勝利でしたね。ひとつひとつを味わっていたんです、天使の指が胸元まで滑って、唇に塩の味を残して、胸のあたりで水のしずくとなる、そういう震えるような愛撫を味わってたのね。涙って肌をしっとりとさせて若返らせるでしょう。子どもみたいになるんです。それに、人を動揺させるところもありますよね。ほら、男って女の涙に動揺するでしょう。それがしょっちゅうでなかったら。私が失敗したのはそこでしたね。そうね、泣くのをこらえられなかったの。涙中毒だったってことです。

けど、一回目は上手くいったんですよ。彼はディナーの招待状を添えたバラの花束を私に贈ってきました。私たちは恋に落ちたの。みんなに「どうやってあんなにいい男を誘惑できたの」って聞かれましたね。みんな私を見て単純に驚いていたんですよ。私は気を悪くするどころか本当に得意になってました。そう、自分がものすごく面長なことも、この歯茎むき出しの出っ歯のことも分かってました。学校でのあだ名は「馬面」ですよ。でも、彼はそんな私をお日様のようだって言ってくれたし、ガリガリの膝にひょろひょろの腕、それにめりはりのない体なんかを好いてくれていた。そういう自分の容姿について言うと私に怒ったものです。彼が怒ってくれたから私は信じたんです。私の前に彼が付き合っていたすべての華麗な女性たちは何かのまちがいで、彼を私という真の光へ導くためのはなかい花火だったって。

私たちって自分にとって必要なものを信じてしまうんですね。二十回、三十回、四十回って確かな証拠を何度突きつけられても信じてしまうの。悪を人の額の上に少しの間だけかかる雲だと見なして、その人の心に常に潜んでいるものだとは思わないのよ。絶望して何も考えられなくなると、必死になって幼年時代という壁にしがみつこうとする。だから、夫が天気予報の女と一緒に私たち夫婦のベッドにいるのを見つけたときは信じたくなかった。女はびっくりして私のシーツから飛び出して謝ると、ちょうど出て行くところだったんですと言って服を手にもったまま逃げていきました。彼はベッドに座ったまま「さあ、これで俺がどんな人間かわかったわけだ」って笑いながら言ったんですよ。それから二日して、実家に私を迎えに来ました。酔っぱらっていたんだと私に謝ったんです。泣きそうな顔をしていました。子どもを持とうと私が決めたのはその仲直りのときだったわ。彼をつなぎとめるためではないの。失うことを恐れないため。裏切られることのない無条件の愛を生み出すためなの。この時から、赤ん坊の微笑みとか子どもを抱きしめることとかを夢見はじめるようになりましたね。私と赤ん坊は二人でひとつ。それまで私は子どもの父親の意に反して妊娠する女たちを常々非難していました。でも突然、新しい生命を生む能力が、行使されるべき女の力みたいに思えてきたんです。誰に敵対するのでもなく、ただ将来のため。命を通じて幼少期を取り戻すためです。つまるところね、その力は女たちに与えられたもので、あまりに強いから男たちは常軌を逸しちゃうの。コントロールしたり上に立ったり、戦争とか英雄というものへの執念って、恐怖から来ているんだわ。将来の世代と女たちの生物学的な共犯関係に対する恐怖。自分を生んだ人間に対する息子の愛を前にした男に何ができます？　自分がかつていた胎内に対して抱く恐怖のような情熱から男はどうやって逃れることができるでしょう？　妊娠を告げたら夫はひどく怒りました。中絶を望んだんですよ。不注意で妊娠したわけではないと分かったときはさらに怒り狂った。このうぬぼれめ、って呼ばれて、「お前は自分を後世に残せるほど偉いと思っているのか。自分に子孫を残す権利があると思うほど馬鹿なのか。生まれてくる子どもは知的障害があるかもしれないんだぞ。それを考えたのか」と罵られました。いいえ、考えてなかったわ。子どもなんて考えて作るものじゃないもの。ある意味、どんな思考にも背を向ける行為。だからこそ、あれほど革命的なことなのよ。私はお腹が大きくなるにつれて、多少なりとも自分は立派な革命家なんだと思いはじめていました。そんなことはもちろん夫には言いませんでした。ただただ、夫を落ち着かせようと、そのうち慣れるわよ、と言い聞かせていました。彼をなだめていたんです。いつだってそういうことは私の役目で、夫にとって私の一番魅力的なところでもありました。だけど私のお腹は彼をいらだたせた。着実にね。妊娠五か月になると、お腹がはっきりと目立ってきて、彼はとうとう耐えられなくなった。床に私を投げ倒して、自分を侮辱する私のお腹を蹴りはじめたんです。私は子どもを守ろうとしたけど、できなかった。気を失ってしまったんです。それだけは、今でも自分が赦せないわ。自分の体を貝のように閉じてお腹の子を守ることができなかった。あの子を守ってやれなかった。自分の子を死なせてしまった。一か月前の父と同じように。父は心臓発作で突然死んだんです。私は父の死を夢に見ていたというのに、その意味が分かっていなかったの。夢の中で、私は山に囲まれた紺碧の湖で泳いでいる父に向かって呼びかけていました。美しい光景だけれど、不気味な静けさが漂っていた。父は私から離れていきました。頭上の太陽に反射して、きらめく水面を泳ぎながら。こういう夢を見て私は不吉な予感がしたんですけど、父には何も言いませんでした。父にも誰にも言わなかったわ。妊婦はいろんな夢をみるから、みんな適当にあしらうの。それに夢だの星座だの虫の知らせだの超自然的なものはなんであれ、父は馬鹿にしていましたしね。信じていたのは神、人間に知性や自由を与える控えめで正しい神だけ。宿命なんて言葉がしっくりするのはファドの中だけで、ギターの響きとなじんで歌の魂をすくい上げるんだ、って。それでも、無理やり父を病院に連れていき、検査やら診察やらを受けさせるべきだった。そしたら、病気知らずの父を死に至らしめたあの発作の前兆が何か見つかったかもしれない。父は自分が妊娠したかのようでした。おじいちゃんになるって伝えたときほど喜んだ父を見たことはなかったわ。「女の子だよ」と、初めて、一度だけ未来を占ったんです。自分の予想があたったことは、知らないままでしたけどね。女の子だったとわかったのは死んだ赤ん坊が取り出されたときでしたから。夫に暴力をふるわれている間、天から降りてきて私たちを助けてって無言で父に救いを求めていました。だけど神の掟のルールは違っていた。父が言っていたように数学的で明晰なものだったの。私たちには選択の自由しかないんだよ。天使は人間たちを観察して、この下界で細かく部分点を加算していって点数をつける。どんな暴力が起きるか確実に予測できても、暴力への無限の嫌悪の溜息をつくことくらいしか、天使にはできないんだ、と。つまり、自分を救えるのは自分だけなんです。でも、もう手遅れだった。結局、私は戦う女になれなかったの。私は何よりもまず、よい娘だった。言われたことをやって、「どうぞどうぞ」とか、「どうも」とか言って、ケーキはいつもチョコレートがかかっていない残りの一切れ、映画館では他の人たちに席を譲って座るのは一番最後、職場では連休をとって充電しようとする同僚と快くシフトを代わってあげた。ストレスに悩むことなんてなかったし、そんなことを考える時間がないかのようでした。

病院で目覚めると、夫は私の髪をなでながら、囁いたんです。「お前は階段から落ちたんだ。違うことを言ったらぶっ殺す。お前が俺のキャリアを台無しにするものなら、俺はお前の人生をめちゃくちゃにしてやるからな」って。私が落ちた階段は夫だったとは、母には言えませんでした。母は夫の感じのよさをもともと信用していなかったし、見た目がいいだけでは何にもならない、とも言ってたから。しかも、あのときは父の死から立ち直れずにいましたし。それに、大人気のテレビキャスターが妻に暴力をふるうなんて誰が信じるでしょう。そんなのは庶民の、町はずれの地下室や山奥のあばらやで雑魚寝しなきゃいけないような人たちに起こることで、まがい物のワインにはお似合いだけど、十五年もののJ&Bには不釣り合いな話。誰もそんなことは信じやしないから、夫の脅しなんて全然必要なかったし、もしこのことがテレビ局で知れても、解雇されるのは私の方だったでしょう。資料係の代わりなんて簡単に見つかりますし。でも、視聴率のリーダーはそうはいかないの。夫は滲然たる正義そのものでした。深刻な問題を取り上げるときには、黒い前髪がはらりとかかった透き通る両目を怒りでたぎらせ、きちんとしたひとことふたことを口にして、国民の意識へと訴えたものです。ボスニアのことでも、サッカーチームのベンフィカのことでも、文化省のことでも、ありとあらゆることに的を射たコメントを言っていました。彼のそういう所は心からすごいと思っていたんですよ。どんな話題でも庶民の気持ちを代弁できる、才能豊かな人でしたね。ある週刊紙に「常識」と題した時評欄を掲載して評判になっていました。彼は我慢ならないことを小さなノートに書き込んでたの。例えば、官僚主義、政府予算の無駄遣い、人種差別、内陸部の過疎、沿岸部の観光による環境破壊、教育政策の過ち、社会保障の惨憺たる有様、税金のはなはだしい不平等なんかね。あの人にとってはすべてが許しがたかったのよ。私は融和的で微笑みを大切にして、ちょっとした親切とか譲り合いとか愛想のよさやらを大切にする家庭で育ちました。誰かが誰かを脅すことなんてなかったし、誤解や対立といった類のものはなるべく穏便に解決してきました。おじが祖母の遺産を巧妙な手口でこっそりだましとるなんて、予想もしてませんでしたけど。葬式の終わりに泣いている母をつかまえると、書類の束を押しつけて、それに大至急サインしてほしいって言ってきたんです。それで、母はサインしちゃったのよ。自分が相続するはずのものすべてをおじのために放棄するっていう内容を読みもせずに。でも、悪事身に返るって教えられてきましたよね。おじも、だいたいそんなところだと思うんです。だいたいっていうのは私が自分の中におじのああいう本能を掻き立てる何か悪いものがあったのではとも考えたからなんですけどね。思春期の始めに私はおじを避けることができるようになって、おじも私にちょっかいを出すのいをやめました。残ったのはユーカリの石鹸の香りに対する嫌悪感だけ。それでおじは手を洗っていたの。いっつも手を洗っていました。例えば私に手を出す前にも後にも。あと、いっつも金髪女に関する本当に下品なジョークを口にしてたわね。いいジョークはいい仕事には欠かせない、相手を楽しませなくちゃなって。ジョークを積み重ねて、広告業の帝国を築いたんですよ。求めるものが女は皆同じだ、と女のことは決めつけていました。テレビで新顔を見る度に言ってた。「こいつ？この女の上に乗ったことがないのは俺とシントラ線の電車くらいだろ」ってね。そうしたら、おばがからかい半分で、信じられるのはシントラ線の方だわと返すのがお決まり。父だけがこういう会話に嫌な顔をしていました。そのユーモアの下には恨みが潜んでいて、笑いの中から突如として怨念が噴き出して、すべてを食いつくすネズミが牙をむくんじゃないかって怖がってたんです。父は妬まれないように目立たずに暮らすのを好む人で、赦せないようなことは世界には存在しない、なにごとにも道理があるんだ、と考えていました。でも一皮むけば、道徳とは無縁の人でした。周りに合わせること以外なんの関心も持っていませんでしたから。嫌な思いをしたくないから、より好みしないようにしていたの。でも、母と私のことは好きでしたね。だって私たちもそういう人間で、あえて危険をおかして優しくなろうとすらせず、柔順でしたから。だから、私は「いや」とは言わず、「はい」ともはっきり言わなかったの。私にもいろんなことがあったけど、周りがそうさせただけ。おじは幼い私の体を求めて、学校の子たちは私が遊ぶことを求めて、先生たちは私が勉強するのを求めて、両親は私が良い成績をとって安定した仕事と堅い職についた夫を手に入れることを求めて、それを私は実行していたの。これ以上ないほど完璧に誰の邪魔もすることなくね。

前髪の長さはこのくらいでどうですか。もう少し切ったほうがよければ仰ってください。切ることが私の幸せなんです。小さい頃から好きなの、はさみのカチカチいう音、まるでなにごともないかのように滑らかに姿を変えてしまうはさみの速さ、それと緻密に何かを切ることが。とにかく私がなりたかったのは美容師でした。だけどなれなかった。だってそれは私の家がこれまでたどってきた道をひきかえすことになるし、私は高等教育まで行った最初の世代でしたから。結局、史学科を選びました。十八世紀の版画の中のヘアスタイルが載っている本が家にあったので。もし美容師になる大学があったら、ここにたどり着くためにこんなに回り道する必要はなかったでしょうね。そうしていたら、テレビ局の資料センターに行き着くことはなかったし、夫に会うこともなかったでしょう。すべてが違っていたはずよ。でも今になって、そんなことを考えるのはナンセンスだし、結局は同じだったかもしれない。スターの髪をとかすために雇われて、夫の頭のまわりではさみを手にしていたかもしれませんしね。同じ運命にたどり着くまでに沢山の道があるんだわ。

確かに、ここは私が夢見たサロンでは、まったくもってないですね。私が働きたかったのは、広くって、大きなドライヤー、立脚式でぴかぴかしたやつね、それとかソファー、あと、陶製でピンクの大きな洗面台があるようなところだったんだもの。子どもの笑い声が聞こえる公園に面した大きな窓があるだけでも充分でしたけど。昔から子どもは大好きだったんですよ。でもまあ、しかたないですね。ここのお客さんは少なくとも大胆だし、毎度毎度違ったこと、新しいカラーとかカットをしたがります。こちらも刺激を受けます。お世辞でこんなこと言っているんではないです、本当に。変化を楽しんでくれる方を接客できて嬉しいんです。私がどうしてよそよそしい物言いなのかって？　ごめんなさい、なんだかうまくなじめなくて。ここでのしきたりだってことは知ってます、最初はそのせいで房を一緒にしている彼女から随分ひどい仕打ちを受けましたけど。彼女のことを馬鹿にして偉ぶっていると思われたの。今はもう慣れたみたいです。今まで誰にもなれなれしい口調で接したことが本当になかったんです。犬にだってですよ。すてきなフォックステリアを飼ってたって前に言いましたよね？　私がこっちに来たとき、かわいそうにひどく悲しんで死んでしまいました。ぴたりと食べなくなって。私のソファーの足もとで横になって死ぬまでくんくん泣いたんですって。まだほんの子犬だったのに。夫からひどい暴力を受けたあの数日後に、自分を落ち着かせようと飼ったんです。私が獅子座なのでレオって名前を付けました。私は占星術をとても信じているんですけど、奥様はどうです？　いいじゃないですか。奥様って呼ばせてくださいよ。気になさらないでほしいんですけど、あなたのほうが私よりほんの少し年が上でいらっしゃるし、それに何よりそのほうが本物の美容院にいて、夕方になったら、ここから出て、街を通って家に帰るっていう雰囲気が出るでしょう。夏の午後の終わりの爽やかなあのそよ風、木々や芝生の香りを運んで来るそよ風を覚えていらっしゃいます？　私がときどきひどく懐かしく思うのはこんなことなんです。私はいつも、とても風変りだけど、誇り高い静かなライオンだったの。あるとき、私の前世は宗教裁判にかけられて火あぶりにされた魔女で、そのせいで、こういうふうに世間でうまくやっていけないし、主張ができないんだと告げられました。まるで何もかもが本当に無駄で、死の炎が私の人生すべてを取り巻いてるみたいなんですって。あの晩、一度っきりで突然だったけど、そういう炎と戦わなくちゃって思ったの。私のなかで正義の感覚が立ち上がったんです。それは痛みを受け入れることや、癖になっていた他人への気配りと言ったものよりも、もっと強いものだった。憤怒でしたね。きっかけは、ほんのつまらないことだったの。私は夫に馬鹿呼ばわりされることにも、お前は何をやってもだめだってしつこく言われることにも慣れていた。自分の仕事を軽蔑されて、無知な人間だとみなされることに慣れていた。夫が自分の給料を、車を替えたりジープを買ったり、もしかしたら美しい新しい女に宝石を贈ったりするためにとっておくのに慣れていた。食費や水道、電気とか電話なんかの生活費を私一人が払うことに慣れていた。あの晩、私は夫が夕食に帰ってくるのを待ちながら、クリスマスプレゼントを包んでいました。クリスマスはご存知の通り女たちのものだから、夫の家族と私の家族みんなにプレゼントを買うのは毎年私だったの。電子レンジの横に夕食ができていたわ。夫は帰ってくるとあいさつもせずに台所に直行して、木のスプーンを取ってマッシュポテトの具合を見はじめた。嘘のような話ですけど、夫を死なせたのってマッシュポテトの水加減だったんです。夫はピュレが薄いって、わざとそうしたんだろと決めてかかった。俺が固いのが好きだってお前は知ってたはずだって。それから、木のスプーンを手に近づいてきた。憎しみの火花を目から散らして夫がリビングに入ってくるのをスローモーションを見るように覚えています。すさまじい勢いで体中の血が頭にのぼって、奇妙な勇気、そうね、咄嗟に、行動しなくちゃという思いに駆られたことも覚えています。クリスマスプレゼントのリボンの先を切っていたはさみが目に入ったこと、そしてそれだけが暗闇の中で光っていたことも覚えています。そう、すべてが突然暗くなって、あのはさみ、今髪をきるのに使っているような、いたって普通のあのはさみだけが暗闇の中で輝いていたんです。後になって、私が夫の体をはさみで二十九回刺したと聞きました。そのせいで私の刑は重くなったんですよ。もし、一、二回しか夫の心臓を刺していなかったなら、私は悪人ではなく、悪の衝動に支配されただけ、あれは突発的で説明できない、誰にでも起こりうることだったとなっていたかもしれないわね。だけど実際はそうでないから、計画的犯行で意図的な残虐行為ということになった。何回刺したか数は覚えていないんです。本当に全く覚えてないの。警察が調べて二十九回だったって聞いたときはおかしかったわ。だって私の年とちょうど同じなんですもの。おかしくて笑っちゃいました。でも、悪気はなかったのよ。私はわざと嫌なことや、悪いことをするような人間ではなかったんです。何も嘘をつかなかったし、逃げもしなかった。絶対に。激昂するような人間でもなかったの。怒りがよい結果を生むことはないと常に教えられてきたんです。鏡をご覧になって、これでいいですか？　お気に召しました？　どうもありがとう。

図書室

ドゥルセ・マリア・カルドーゾ

上田寿美 訳

ドゥルセ・マリア・カルドーゾ　Dulce Maria Cardoso

1964年、ポルトガルのトラズ・オズ・モンテス地方に生まれる。幼少期を当時ポルトガルの植民地であったアフリカのアンゴラで過ごしたが、1975年、アンゴラ独立戦争の勃発時にポルトガルに帰国。小説家としてのデビューは2001年。"Os Meus Sentimentos（私の思い）"でEU文芸賞（2009）を受賞。アフリカの独立戦争を逃れてポルトガルに帰還した経験を子どもの目を通して描いた"O Retorno（帰還）"（2011）は特に評価が高く、各国語に翻訳されさまざまな大学で研究対象となった。

事実から気ままにインスピレーションを得て。

本が俺を救った。俺はそれをはじめて声を大にして言う。本のおかげで自殺しなかったということに、大の男が恥じ入らずにはいられない。か弱い小娘にあるようなことだからだ。だが本当のことだ。もうかなり、随分前に、本に救われたことがある。信じたくなけりゃ信じなければいい。信じるというのも一つの決断だ。決められないことだってある。例えば、喉が渇くなどということだ。本に救われるということも、いつの間にか起こってしまう。また話がそれたな。年寄の考えは堂々巡りでな。若者のように、前へ、未来へと向かうまっすぐな思考じゃない。年寄の思考は巡り、最期が近いのが分かっているものだから、そうやって先延ばしにする。終わりを恐れるということじゃない。それは道程なのだ。そいつが近づきつつあるということだ。そういう恐怖を他の奴らの目に何度も見た。死の淵にあるやつらの目に。そうだ、俺が殺した奴らのことだ。そう言って欲しいのなら、言ってやろう、俺が殺した連中の目に何度となくその恐怖を見たと。殺したことを隠したいんじゃない。そんなこと意味がないだろう。ましてやお前に対してなど。殺した奴らと言うのではなく、死に際の連中と言ったのは、お前に話しているこの恐怖というやつは、誰に殺されるだとか何で殺されるなどということとは何の関係もないからだ。それは今まさに逝こうとしているということに関わりがある。最期に達しようとしていることへの恐怖だ。俺は何度も他の連中の死の恐怖に遭遇したので、自分からそいつを取り除くことができた。

俺たちの間に遠慮はいらない。長い付き合いだ。そうやって目をそらしたり、今のお前みたいに、本棚で塞がれた壁に目を泳がせる必要もない。二十一歳になるまで俺が本を読んだことが一度もなかっただなんて信じられるか。教科書以外にな。二十一歳では、読む時にはつっかえて、何が書いてあるのかほとんどわからなかった。今この図書室を眺めていると、そんなことは信じられないだろう。俺が読まなかった本など、ここには一冊たりともないのだからな。俺の図書室だ。俺は読んだ人生のすべてを生きた。何千人もの人生だ。何てばかなことを言っていやがるとでも思っているんだろうな。俺の頭はすでに耄碌しかけているが、これに関しては違う。俺の読んだ人生は俺のものとそう変わりはしなかった。読みながら生きる人生と生きて感じるものに、大した違いなどありゃしない。本の沈黙の中に何千もの人生が俺たちを待っている。本の沈黙は俺たちのものとは違う。こっちの椅子に来てもっと俺のそばに来ないか。声を張って話さねばならんのには疲れる。何もかもこんなに遠くなっちまった。こんなにも遠くに。でも、本はいつもそばにある。自分自身から離れることなんて決してできやしないだろう、なあ。また話が逸れたな。カーテンを閉めてくれ。俺の目はもう光には耐えられないんだ。なるほど、目は正直なもんだな。身体は分かっている。老いに対して少しずつ備えていくんだ。記憶さえなければ苦しむこともないのだが。記憶の中の晴れた日の朝は今でも好きだ。俺はまるで目がまだ日差しに耐えられるかのようにカーテンを開けろと言う。記憶か。年増の売女より哀れなものだ。しつこく忌々しい記憶め。ありがとう。そのほうがずっと楽だ。それが俺のお気に入りの椅子だ。何年か前に布を張り替えられそうになったがそうはさせなかったぞ。椅子はまだ壊れちゃいない。古びてはいるが。俺と一緒に椅子も老いるなんて御誂え向きだ。この椅子は俺の一部で、俺の生きた証だ。この図書室は俺が俺であることの真の証だ。ここでたくさんの人に会った。覚えている限り俺たちだってここ以外で会ったことなどなかったじゃないか。昔教会に入る時にそうしたように、恐る恐る入って来る者もいた。身体に両手をぴったりと添わせて立ったまま、やっとのことで居場所を見つけて。堂々とその敷物の真ん中に立つやつらもいた。大げさな身振りでけたたましく大笑いするやつらだったよ。本当にたくさんの人間に会った。まるで見舞いにでも来たかのように窓辺に座る者もいた。それから診察を受けるみたいに俺の前に座る者。足を組む者、タバコに火をつける者。牢屋にいるみたいに外を眺めている者。主人のように振る舞うやつなど、大勢だ。あの奥にある戸棚の花飾りが金ぴかだったように、もう色褪せちまった。ここにある本は証というより、俺の共犯者だ。俺のことをすべて知っていやがる。なのに、俺はあいつらのことをこれっぽっちしか知らない。たとえ、やつらの隠された秘密や罪のない過ちについて知っていたとしてもだ。その野心を知り失敗を見抜いていたとしても。俺は奴らのことなどほとんど知らない。本は俺たちのことを知っているが、本というものは完全に自分のことを理解させてはくれない。この小さな神々の神秘よ。笑ってもいいんだぜ。俺は哀れに思われても構わん。つまり、もう気になどならんのだ。誰も神のことなど知らないのに、俺たちは神が個々の人間を深く知っていると信じている。「神」という言葉を信じることができるのなら、どんな言葉だって信じることができるはずだ。お前が以前ここに来たのはいつだったか。もう時間が混乱してしまってなあ。時間というのは残り少なくなるにつれてその重要性を失うものだ。減れば減るほど価値がなくなるというものだ。少なくなるにつれてその価値を失う唯一のものだろう。

お前にはもう仕事を頼むことなどないと約束していたことは覚えている。俺が騙したとは思わんでくれ。俺の指図でお前が再び殺しをやる必要はないだろうと思い込んでいた。だが、結局はそうはならなかった。すべて手はずは整っている。あの封筒の中の手紙を書くことはそう簡単なことではなかった。俺の目はもうほとんど見えず、手は震えるのだから。十五歳まで俺は書くということが存在するということを知らなかった。これ以上信じがたいことが他にあるか。これが他人の話なら、俺だって信じやしない。それに、もし本で読んでいたなら、迷うことなくそれは嘘だと言い放っただろう。だが、これも本当のことだ。あまりに荒唐無稽で、本にならないようなことだ。人生なんてどのみち荒唐無稽なことばかりだから、本にしてもろくなものにならないだろうなあ。おれの人生は十五ですでにひどいもんだった。ひどくなかったことがあったのかも記憶にない。俺は歩いて二、三時間で行けるようなところのほかは、ベスティロスから離れたことはなかった。ベスティロスか、せいぜいペネードスのようなちっぽけなところしか見たことがなかった。あの町のこと知ってはいたが、そんなところになど行ったことはなかった。町の向こうには海があることも知っていた。十五歳までに唯一目にしたことのある本と言えば、ミサの本だ。見たんじゃない、遠目に見えたんだ。というのも、ミサに行っても礼拝堂の入り口のそばまでで、本はずっと向こうの神父の手元にあったのだからな。その他の多くのものと同じ祭壇の飾りだった。ミサは、ベスティロスのような村でさえ仰々しく形通りに行われていた。ラテン語のように理解できないものだった。

それに昔から見慣れているものなど、見ても気にはとまらぬものだ。たとえそれが、神父が紙の箱を開いてそれをじっと見つめながら、訳のわからない言葉でぶつぶつ言うというような、かなり奇妙なことであってもな。神父も、ホスチアとぶどう酒をキリストの身体と血だなんて嘘ついていたが、誰もなぜあれをやるのかと尋ねる者などいない。いつだってすべて同じように行われ、ずっとそうしてきたんだ。当然、神父の動作はどれ一つとっても、俺に理解してみようという気にはさせなかった。俺にも、ベスティロスの誰にとってもそうだとは思うが。

ベスティロスはおそらくもうないだろう。廃墟が残っているだけに違いない。あれは内陸の、はるか遠く迷い込んだようなところだった。冬は霜が降り、夏には灼熱の山国だ。墓地のない礼拝堂と、売るものなどほとんどない売店。生活はいたって素朴で、病気だけが特に厄介だった。時間が経っても治らない病気ともなれば、薬をこしらえたり、死に至らぬ病であるようにと祈ったものだ。そうなった時には亡骸はペネードスへ運んで埋葬された。ベスティロスの誰かが、書くことや本が何であるかを知っていたとしても、俺にそんなこと教えてくれなどしない。ベスティロスはあまりに遠くて死人すらも止まらない。ああいう所にある言葉は口からついて出る言葉だけだ。それにそんな言葉は大抵くだらないものだ。

ここにおまえのために準備した銃と手袋がある。俺の銃だ。自殺に見えるだろうて。ある意味そうだからな。俺の書いた手紙で皆、そう納得するだろうよ。証拠は残らんさ。家には誰もいやしない。出る時に戸を閉めさえすりゃ、すべて片付くことだ。もちろん俺がやっても構わんのだが、お前にやってもらいたい。理由はうまくは言えんが。お前の好きな時にぶっ放すんだ。俺はいつでも構わんぞ。

ものを書く人を俺が初めて見たのは行商人だった。俺と親父が町に着いて一時間も経たない頃のことだった。それを知った時の衝撃は、地上の空のように眩しかったあの日の海よりもはるかに大きかった。海のことは聞いてはいたが、書くことについては聞いちゃいない。行商人はタバコやぶどう酒、蒸留酒やら、酒屋の主人が注文していたものの重さを書き留めていた。俺は行商人が手に持っているあの小さな棒、ミサの本みたいだが、もっと薄い紙の箱に線を引くその棒が何なのか知らなかったんだ。何をしているのかと行商人に尋ねた。書いているのさ、そうすれば忘れないからね、と言った。俺には理解できなかった。そして行商人は俺が理解していないということがわからなかった。お互いしばらく理解できずにいたというわけだ。忘れないために紙に書く線だって？もちろんでたらめを言っているに決まっている。もう何も学ぶことなどないと思っている者には自分がどれほど物知らずか知る術などない。他のやつをからかいやがれ、と俺は呟いた。行商人は本当のことだとしつこく言い、酒場にあつらえられた石の腰掛けに座って飲んでいた残りの連中も、その通りだ、と言った。酒屋の主人などは、母親に誓ってそうだと言った。そこまで言うなら俺も信じた。そういうことなら、俺もやってみたい、とためらわずに言った。若い頃はまだつまらないことなど恐れはしないし、それが若さの魅力の一つっていうもんだ。皆が笑った。ぼろぼろの出っ歯だった。無知なやつほど、無知を笑う。嘆きようもない。

そういうことなら、俺もやってみたい。

ベスティロスから町へはガタガタ道で何時間もかかった。誰もあんな町へは行きやしなかった。

のっぴきならない理由がない限りはな。ベスティロスの者があえて出向くのに、海を見るくらいではわざわざ遠出などしなかった。見ることにすら欲のない連中だ。彼らにとってはずっと耕された大地こそが美しいものだったのだ。ただ一人、すでに何度も町に行ったことがあったのはタデウだった。町に住む愛しい女のためという噂だった。他の理由などあろうはずがない。それほど町への道のりは厳しかったのだ。俺は親父と一緒に向かった訳だが、惨めな人生の終盤にさしかかる頃、親父には一頭の馬を買うための金が貯まっていた。そいつを買いに町へと繰り出した。行きだけが厄介なはずだった。と言うのも馬に乗って帰るつもりだったのでな。もう戻ってこないなどとは想像だにせず、ベスティロスを発った。今の自分がこうなってしまったことの偶然を追求することは、自分を脆くするだけだ。一体どうして今のようになってしまったのかが分かると期待しつつ、ついそういうことをしてしまう。無駄なことよ。

医者が俺にあと三か月の命だと言った。シミひとつない真っ白な白衣を着て、まだ時間があると思っているすべてのやつらしくせっかちに。三か月だとよ。余命三か月だなんて初めてのことだ。俺はいつもその時々を生きていたというのに、突然、あと三か月と言われたもんだ。三か月だと。九十日だ。もう一度言う。三か月だ。いや、違う。俺の時間を決めるのはこの俺自身だ。医者なんかじゃない。身体でもない。俺が決めるんだ。ベスティロスには戻らず、行商人のもとにいると決めた時のようにな。行商人には手伝いが必要で、いくらかの日当代わりに、俺に読み書きを教えてくれるという妹がいた。握手を交わし、話が決まった。やる気があるのなら、お前はひとかどの人間になるぞ、と行商人が俺に言った。ひとかどの人間になるというのは、やつのような生活を手に入れるということだった。町に住むその他大勢の一人になるということだ。それは何者にもならないということだった。男たちはまた笑い、俺もつられて笑った。幸せに笑いは何の役にも立たないということはすでに経験済みだったが、この時ばかりは幸せだった。長靴の硬さや外套の重みを感じることなく、自分をたくましく感じていた。

読み書きを覚えるまでしばらくかかった。すでに子どもの頃のような柔かい頭ではなかったから、あらゆるところで行き詰まった。とりわけ行商人の妹を前にした気後れだ。一方、大袋の荷積みには修行は要らなかった。どれよりも一番荷を積むロバ並みに、何年も荷を積んだ。ベスティロスには戻らなかった。過去というものは、そこを示す地図があり、道筋がついていれば辿りやすくなる。ベスティロスはどの地図にも存在せず、たどり着くための道も疑わしい。唯一、懐かしく思ったのは、カラスだった。青空に向かって飛ぶベスティロスのカラスだ。牢屋では毎日やつらの鳴き声を聞いたものだ。近くにカラスがいるのかと思ったが、そうじゃなかった。今でもまだ聞こえてくる。ベスティロスにいた頃と同じようにはっきりとな。カア、カア、カア、カアって。カラスの鳴き声だけがベスティロスが残した唯一のものだった。牢屋でふたたびカラスの鳴き声を聞くことになった。二十五年囚われの身とは大した時間だ。その頃まで生きてきた時間よりも長かった。永遠と続く時間だ。誰が永遠に捕まったままでなんか居られるもんか。誰も居られやしない。ましてや俺などは。あの若さで。望むところに行けるのが当たり前だった。俺は命を絶とうと決めた。本がなければ、そうしていただろう。本当だ。ベスティロスから牢屋まで俺に会いに来る奴が誰一人いなかったのもやっぱり本当のことだ。捕まった時にはすでに村の奴らのことなど死んだも同然だったが、牢屋に入ってからはなおさらのことだった。

　読み書きを覚えた時に感じたことは、何とも言いようもない。まるで特別な力を身につけて生まれ変わったみたいだった。もし、俺に野生の動物のような翼や鋭い爪が生えてきたとしても、これほど大きな変化じゃなかっただろう。ただ、十五歳で生まれるということは、十月十日《とつきとおか》で生まれるのとは訳が違った。もうほとんど一人前の大人で、逞しい身体があり、ものを知りすぎ、多くのことを覚えている。ベスティロスから出たことがなく、十五で町に生まれ出たものにとって、翼や爪が十分であろうはずがなかった。ましてや、俺みたいなダメでどうしようもないやつにとってはな。何もかもめまぐるしいほどに早く過激なあの新しい世界に、夢中になっていた。町では中途半端は許されない。ひとかどの者になるには本気にならねばならなかった。でなきゃ、そこらのやつらと一緒だ。行商人みたいな。貧しければ貧しいで、道端で眠ったり飢え死にするやつらのように本当に貧しかった。ベスティロスには道端で寝るやつなんていなかった。だが、大物になるものもなかった。町では、望めば一か八かで賭けることもできるが、それは飼い馴らすことのできない激情や憎悪を生む。俺はあるもめごとで最初の男を殺った。煽られたからだ。俺が人殺しに生まれついていたとしても、殺しなんて好きではなかった。三人の男が一部始終を見ていた。俺を突き出すこともできたろうが、それどころか、絶対に見つからない場所に死体を埋めるのを手伝ってくれた。必要とあらば、俺があいつらを何のためらいもなく殺っちまうだろうってことが分かったんだ。そいつらは命拾いした上に連れが一人できたってわけだ。俺は宝石屋を襲うのにそいつらを誘った。町ではさらに多くの物要りで、残りの人生を、大袋を担いで稼ぐ金で過ごすなんてまっぴらだと腹を括るのに、そう長くはかからなかった。そんなことしている間に、出会ったばかりの世界が俺から逃げて行ってしまうだろうに。宝石屋への襲撃はほとんど子どものお遊びだった。二人がそれに乗った。三人目は乗らなかった。俺をサツに引き渡したのはそいつで、二番目に俺が殺したやつだ。二十五年後自由の身になって最初にやったことがそれだった。

店が襲われたのを知って、宝石屋が心臓発作で死んでしまわなければ、何もかも違っていただろうなあ。またしても、偶然とその気まぐれだ。強欲な爺さんを殺した親玉をお縄にしたいがために法外な報酬が出たものだから、俺に殺られる恐怖より、裏切ることへの誘惑のほうが大きかったんだ。俺の手書きの計画を手渡すだけで事足りた。他に証拠などいらなかった。そこに俺の文字があったからな。文字はほとんど血と同じくらい俺たちの言質になる。名前を書けば俺たちはその所有者となる。それとも奪われるかだ。片手で書かれた線だ。線自体何の価値もないが、結局、価値のあるものとなるのだ。

俺が黙るのを待たなくてもいいぞ、お前がそいつで俺を殺るまで黙らないつもりだから。沈黙の間を待つのはやりきれない。だから、お前はなすべきことをするのにグズグズするな。これがお前に頼む最後のことだ。

親玉だったから一番こっぴどく罰せられた。たっぷり二十五年もだ。俺が自分でその受難を縮めようと決心していなかったら、もし俺が死のうと思っていなかったら、牢屋の連れが持っていた本に興味など決して湧かなかっただろう。あの男は自分の本を開いたことなどなかった。みんな、あの男のことを先生、と呼んでいた。女房が寝床で別の男といるところに出くわして殺っちまった教師だった。先生の本を手にするまでは、教科書しか手にしたことがなかった。挿絵のない文字だけの本など見たこともなかった。何となく少し読んでみた。妙だなと思った。実際には起きていない出来事を語るのに文字を使うことが馬鹿げているように思えたのだ。でっち上げるために文字を使うことが。ほらを吹くために。大事なことや、忘れてはならないことのほかに、俺たちやその他の連中が文字を使うことの意義が理解できなかったのだ。だが、翌日、人生で俺に起こった出来事の大半よりも、読んだいくつかの作り話のほうを、より鮮明な形で覚えていたことは確かだ。それは、盗みを働くという重要なことを考えていた時と同じくらいに、俺を考えさせたのだ。やがて、作り話を相手にして過ごすようになると、ほかの囚人たちと話をするよりも楽しくなった。自殺するという考えはまだあったが、次第に薄れていった。奇跡だったとは思わないでくれ。まったくそんなもんじゃない。自殺という考えが、徐々に弱まっていっただけだ。本を始めから終わりまで読むようになった。そうするように勧めてくれたのが先生だった。そんなことすら、俺は知らなかったんだ。神父がミサの本でしていたことや、行商人の妹が教科書でやっていたのはそういうことじゃなかった。始めから終わりまでページを読んだら、作り話はお互いにピタリとつながって、かなりもっともらしい事実になり、そうなると、どうしようもなく本に没頭するようになった。それに誰かや何かに対して熱中してしまえば、もう自らの命を断つことなどできないものだ。こうして本が俺を救ったという訳だ。

本は死から俺を救ったが、悪行からは救い出さなかったと思っているだろう。その通りだ。その上、俺を救うことで、本は俺がそのあとに殺したやつらを死に追いやったのだから。だが、本は邪な心を正してくれはしない。正したことは一度もないし、これから正すこともない。逆のことを望んでも無駄だ。本はそれを読みたいと思う者すべてに開かれている。それに、救い出すにしても、あんなにも無秩序で不可解なやり方でやられては、それに望みをかけるなんて誰にもできやしない。おそらく本は、歪んだ線で真直ぐ書くように、一見よくわからないやり方で悪から善を導き出す。神のように。俺は歪んだ線だ。このところ、俺が自問しているのは、神は誰を選ぶだろうか、誰に書かせようとするのだろうかということだ。神の作品を読み味わうことができる悪い魂だろうか、それができない善良な魂だろうか。時々神は俺を選ぶような気がするのさ。時々感じるんだが、過ちが……

バビロンの川のほとりで

ジョルジュ・デ・セナ

黒澤直俊 訳

ジョルジュ・デ・セナ　Jorge de Sena

1919年、リスボンに生まれる。詩人、小説家、脚本家、演出家、文芸・演劇・映画評論、歴史家、翻訳家と多彩な顔を持つ。独裁政権を嫌い1959年にブラジルに亡命し、大学教員としての職を得る。1964年にルイス・デ・カモンイスに関する論文で博士号を取得したが、ブラジルでの軍事政権の台頭により1965年に米国に移住。1970年からカリフォルニア大学の教壇に立つ。1977年、国際エトナ・タオルミナ賞を受賞。1978年、サンタ・バーバラにて死去。

天才に伝記はなく必要もない。

ラティーノ・コエーリョ『ルイス・デ・カモンイス』
(リスボン、一八八〇年)

家に着いた時のいつもの拷問は勾配がきつくねじ曲がって段の高い薄暗い狭い階段だった。漆喰がだいぶ前から抜けて裏地がむき出しの壁に体の半分を押し付け、反対側の上の段の端に松葉杖の片方を斜めにつき、ままならない体に対する苛立ちを一枚一枚めくるようにバランスをとりながら注意深く登っていくのだった。聖ドミンゴス修道院のミサに定期的に通い、その後も修道士たちと言葉少なく会話して得た悟りの境地も一日の終わりのわが家への階段で失われてしまう。シチューを食べて窓際の低いベンチに座って休もうとすると悲しい記憶がよみがえって来る。その間、年老いた母は会話のきっかけのような短い一言二言を延々と発し続け、それには笑みや上の空のうなずき、素気のない言葉で返すが、それは母に対してよりはむしろ自分自身に向かって答えているようなものだ。時折、母は息子の言葉に自分が言ったことを繰り返して食い下がることがあった。しかし、そうやってしつこくしても、それで何かを伝えようというわけではなく、母は自分の気持ちと老いて人生に敗れた病気の息子への憐憫の念をなだめようとしていたに過ぎなかった。言葉をかけ会話を試みることで息子がたったひとりで考えに耽り、よく言われるように危険な敵が入り込んでしまわないようにと気を配っていたのである。しかし、息子が恐れていたのは物思いそのものではなく、むしろそうするうちに頭のなかに徐々に広がっていく闇のような空白であった。母に話しかけられる時は、とりわけしつこく彼女が話しを続けようとする時は、聞こえてくる言葉に注意をそらされないようにする必要があった。さもないと、氾濫した川のように絶え間なく流れる様々な思い出の間にやがて空っぽの闇が広がり、その陰気な渦の中に詩片やかつて目にした光景などが浮かび、そしてその奥にかすかな扉のようなものが光る。ちょうど奇妙な生き物たちが泳ぐ不思議な水面の上に置かれたガラスのようなものが彼を見つめる目のように瞬いたり脈打ったりして、よくはわからないが目というよりはもしかしたら月の光に波が反射する透明な海の何かのようなものが見える。見つめるとくらくらするそのかすかな扉はいつも現れるとは限らなかった。大抵の場合、そこにあるのは井戸だけで、その小さな扉があくことを心待ちにしながら立ち昇ってくる寒気に体の芯まで震えるようにしてのぞき込んでいる自分がいるのだ。両目をつぶり強く瞼を閉じて初めて彼はその幻影、つまり、起きたまま見ているようないつもの同じ夢の光景を追い払うことができた。彼は夢を憎んでいた。考えることや想像すること、思い出しそして心に描くことは別の世界での勝利に満ちた、もうひとつの人生ではそうなっていたかもしれないという仮定で、それは夢ではなく、むしろそういう世界の存在と物事がそれ自身の意志によって成就することに対する確信なのだ。ただ、それら物事と世界の秩序の調和を彼が心の中で描ききれないだけなのだ。寝ているときも彼は決して夢を見なかった。そんなときに彼が見ていたのは夢ではなく、想像と確信の延長上にあるもので、もしかしたらそれが神父たちが言う悪魔の誘惑なのかもしれなかった。しかし、誘惑については彼はよく知っている。少なくとも神が入り込むすきがあるには見えないあの奇妙な螺旋状の渦を別にすれば、これは神が許さないような堕落につながる魂の誘惑ではないだろう。本当に誘惑と言えるのだろうか？　自分のもとにはもういないかつての女を抱きたいというのが誘惑だろうか？　遠くにいる強い敵を眠りの中で殺してしまうことが誘惑だろうか？　屋敷で裕福なよい暮らしをして尊敬され、召使いや取り巻きを周りに従え、おいしいごちそうや質の良いワインで食卓をいっぱいにして、武術に励んだり毎日ちがった女性を町で引っ掛け愛人にする精力と健康を持ち合わせている自分を思い浮かべることが誘惑なのだろうか？　レースの繊細な襟の高級なビロードのジャケットをまとい、宮廷で同胞の称賛を浴びながら最新の自分の詩を朗読することを思い描くのが誘惑なのだろうか？　こういうことは誘惑ではない。それは心を慰め、自分から過ぎ去ったものを取り戻し、かつては得られなかった権力を獲得し、十分に満喫できなかったものを飽きるまで貪り、自分にはかなわなかったことを得ようとするだけなのだ。もちろん、未来に関わることを夢見るのは罪だ。つまり今、目にしたばかりの女をものにしようと思うとか、他人に与えられたものを無理矢理に望んだり、ふと目に止まった他人の幸福が慎みもこちらの不幸に対する気遣いもなく目前で踊っていることに、まるで自分たちから奪われたかのごとくひどく妬んだりするのは罪だ。けれども、幸福だった過去を思い、つかの間に自分が経験し、しかし飢えが十分に満たされるほどではなかったことなどを心で求めるのは誘惑でも罪でもない。むしろ、自分の唯一の財産で、愛情もひからび情熱も色褪せて、祖国への信頼も失い、詩を書く喜びさえも奪われてしまった彼が死を待つための唯一の存在理由なのだ。今や彼は詩にすらも見放なされてしまった。以前は途切れることのない川のように頭の中に言葉が突然浮かんで来ては熱い氷の塊のようにひとつひとつが繋がって詩になっていたが、今は砂糖のようにみな溶けてしまったのだ。自分自身のために詩を書いていたわけではなかったから、それをいとおしいとは全然思わなかった。実は彼は他人のために詩を書いていていたのだ。みんなが彼に耳を傾け、称賛し彼の言に納得し、人生のすべてには正確な意味があり、それを見出すことができるのは彼だけで、彼なしには世界は存在し得ない建造物であり、それにふさわしい者によってのみ構想されてはじめて存在し得る美であることをみんなが理解するために詩を書いていていたのだ。

扉を押して彼は家のなかに入った。いつもとちがい母親は目の前に姿を現さなかったし、何の気配も感じられなかった。戸を閉めてテーブルまで行き、松葉杖を立てかけて椅子に腰を下ろした。坐るというのは疲れを休める行為であるが、彼には新たな苦しみでもあった。常になく母がいないことで腫れて痛んだ体をどうにか騙しながら坐るといういつもの苦痛がちょっとだけ楽になった。その動作を母の前でしなければいけないことがどうしようもなく恥ずかしく、生まれたままの清らかさを失い色欲の迷いに身をまかせた者に与えられる醜悪な懲罰に慄く老いた母の視線を感じて身づくろいがうまくできなかったのである。その母は夫が航海から戻るとその数か月にどの港にも上陸しなかったと確かめるまで夫に口づけを許さなかったほどであった。思わず彼はため息をつき苦笑いした。インドへの初めての航海で乗船したとき、空と海と男だけの会話が延々と続くことを覚悟し、いく晩も続けて遊蕩に明け暮れた末にまだ呆然とした状態の自分は……思わず彼は十字を切り祈った。こういう思い出こそ肉の誘惑なのだ。その点で自分が実際に書いて来た詩とはちがう。確かに自分の頭の中にあることを知るために詩を書いたことも何度かはあった。しかし普通は、詩を書くことでその中身がよりはっきりと自分自身の所有物であることを示すために、ちょうど若者がもっとやりたいというわけでもないのに立て続けに性行為を繰り返すようなもので、一回目の時には意識していなかった、相手のそのあばずれ女を自分がものにしたという確信、つまりその女を征服したという安心感を得るためにする行為のようなものだ。今や体も思うにならず性的にも不能になった自分の頭に浮かぶことをすべて詩に書いても、その詩を通してのみ神の教えに反する罪を犯すように自分には思え、それは自分の肉体を相手の体の中に入れるという行為が一種の贈与ではなく、欲の皮の突っ張った強奪行為で隣人を貪るようなものに思えるのだった。思えば、自分が書いたことすべてが純粋に献身的に創作されたかどうかには自信がなかった。というのも、他人に認められることや、勝利とか栄光という報酬を得ることを常に切望し、自分の詩を訳のわからない無知な者たちに読んで聞かせ、彼らの当惑したような薄笑いにさえ満足を覚えるほどであったのだから。

彼は窓の外に視線を向けた。真向いの建物に湯気の立つ椀越しに好意的なまなざしを彼に向けて食卓についている職人が見えた。あごで合図すると相手もやや大げさな手の動きで返し、シチューを指して丁寧に勧めるしぐさをした。これには別れの身振りのようなもので彼は答え、視線をそらした。子どもたちが二人ベランダに出て来て父親の側に寄り添った。特に目を凝らして見る気も起こらなかった。子どもは好きにはなれなかったし、子どもを作るために身を固めようと考えたこともなかった。それゆえにおそらく自分の詩の多く、あるいはそのほとんどが自分たちが欲しいとは思わなかった子どものようなもので、子どもたちが巣立って行くとき、ある種の後味の悪いそっけなさを感じ、子どもに無関心であったことの悔いが一生続くのである。愛は彼にとっては同時に体と心であり、あまりにも肉体そのものであるが故にいかなる精神も介在しえないし、あまりに精神的であるが故に世界中の性欲の対象を昼となく夜となく貪っても満足するには到らないのである。長いこと肉体の交わりから体を遠ざけてしまうような倦怠感すら、心に付きまとうように離れないある種の満たされない情欲で、性の交わりはいつも同じだということや、すでにそらで憶えてしまっているような数少ないひとつひとつの営みを忘れてしまうほどなのである。けれども、その後にセックスをするときはいつも初めての時のように予想外の好奇心を満たす未知のおどおどとした不安や青年のような甘い心もとなさ、そして驚きとあらたな喜びにみちた熱狂的な歓喜そのものを感じるのだ。最初に性の手ほどきを受けた時のようでもあるが、性の営みがそれだけだという当惑や失望がなく、それは愛がそれを超えるものであることに愛の良さがあるのではなく、愛の喜びが別のところにあるからである。

彼は正面のベランダに再び目を向けた。子どもたちの姿はもうなくお椀に覆いかぶさるように先ほどの男がシチューを食べていた。今日の修道士は托身の神秘について雄弁にとてもきちんと意味を説明していた。しかし、托身の説明など彼には必要なかった。彼ほど体と心で同時に愛し、そして彼のように愛について詩を書いてきて、しかも子どもを決して好きになれなかった者は托身についてあの修道士が経験しなかったようなことを知っている。まさにすべてが托身することなく彼のなかに托身したのであり、その肉体を蝕み、その挙句、彼は不潔なぼろきれのようになってしまったのだから、托身がなにかを彼よりわかっている者はいないのだ。つまり、少なくとも人間が知り得る限りのものを彼は知っていると言えるのではないか。詩を身籠ったと感じること、稲妻を垣間見ることで受胎したと知り、そしてひとりの人間であるということ、これ以上のことがあるだろうか。出産する女にはそのことがわからない、というのは彼女たちは愛することなしに子を産むことがよくあるからである。子を授かりたいと望む男にもそのことがわからない、なぜかと言うと愛なしに子を作ることはできるからである。しかし、肉体を破壊するほどまでに愛を実践し、もう心の中に詩が浮かばなくなるほど詩を書いてきた詩人には托身がなんであるかよくわかる。もっともそれでも単に知っているというだけなのだ。托身を生きたのではなく托身が彼を生きたのだ。これこそが最大の神秘であり、これ以上はあり得ない。ここに神が托身することと自分の中に托身が実現される人間との大きな違いがある。結局のところ、このちがいは喜劇であり、喜劇として見ることができるのは、こういうことが起きる人間は一種の接待係のようなもので、ジュピターによって不貞をされた夫の姿がそこにあるからである。

彼の前に照明された舞台が浮かんで来て、登場人物が詩を朗誦し始めた。と、扉がきしむ音がして、後ろで軽い足音が聞こえた。きしむようなか細い音程の狂った声が聞こえ始めた。

「マヌエル神父様が今日お前を訪ねてきたよ。息子は今日はサン・ドミンゴス修道院に行く日だと言ったら、神父様はすっかり忘れていたとお言いでね、いつまたいらっしゃるのかとあたしが聞くと、お前の本のことで聞きたいことがあったんだけど急ぐことじゃないないから、別の日にまた来るか、それともおまえが明日かそのあたりにでも来てくれたらと言っていたよ。神父様はいつもお前にいろいろ聞いてるけど、お前の本をどうしようというのかね。ああいう本はあたしたちの大切な神様や聖なる教えについてのことでないから、中身のあれこれをいつもお前が言い訳したり、今までどういう人生を送って来たか説明しなきゃいけないのかね。お前の本を読むのが神父様の仕事じゃないだろうに。あたしには何か重大な罪のように見えるよ、どうか聖母マリア様お許しを！自分の人生を他人に語るのは虚栄という罪なんだよ。自分のことは聴罪神父に語るもので、悪い行いや言動について命じられた償いをしてそれで終わりなんだよ。それから臨終の時にまだ憶えていることや生きている間にやったことを話して、情け深く高潔を保って、神と教会に対する勤めを怠ってなければ、神父様が告解の赦しを与えてくれるのさ。あっそれからお前の親しいお友だちのルイ・ディアス様のお使いも、ご主人の言いつけとかで来てね、お前に注文していた天におわすあのダビデ王についての詩がどうなっているか聞いてきたよ。あたしはさ、まだお前は仕事を終えていないけど、もうすぐ終わるし、この頃ずっとそれにかかりっきりでマヌエル神父様に聖書の言葉遣いがちゃんとしているか聞いたりしていたと答えておいたよ。そしたら使いが言うには注文してもう何か月にもなるのにお前は何もしないし、代金の一部はすでに払ってあるのにと主人がお前にすごくおかんむりだというのさ。あたしは言ったんだ、お金をいただいてたのは確かにそうだけれど、こういうことで前金にいくらか頂くのは仕立て屋に生地を預けるようなもので、仕立て屋だって布がなくては上っ張りの仕立てはできないし、お前だって何か食べなきゃ筆をとることができないだろう。だからお前の年金が遅れていてまだ払ってもらってないことも言ったよ。あたしとしてはできればご主人様のルイ・ディアス様のお力添えで宮廷に口をきいてもらい年金が期日通りに払われればと言ったのさ、実際、天国にいるお父さんのたくさんの勲功でお前は国王陛下の年金を受け取る権利があるんだし、お前自身の貢献ということもあるだろう。たしかに若い頃は分別がなく運にも恵まれなかったけど、本もいくつか書いたし神様や人間の森羅万象を知り尽くしているのだから、マヌエル神父様もおっしゃっていたし異端審問官のバルトロメウ尊師様もお前にくれた出版許可状にそう書いていたじゃないか……」

「バルトロメウ尊師が言ったのは人間に関わることに俺が通じているということだよ」

「そうかい。神様についてはお前がちゃんと役に立つことを勉強して分別を持っていたらわかったんだろうよ、今頃は司教にでもなってマヌエル神父様とバルトロメウ尊師様を二人合わせたより出世してたかもしれないじゃないか。それなのに性悪女や悪い奴らと付き合って今じゃこのざまだ。出版許可を与える側じゃなくて、お前があの人たちにお願いする立場だ。もしあの人たちがお前の友だちでなきゃ、そしてお前が辛抱強くあの人たちを煩わせて、過去の過ちを今は悔いているということを見せなかったら許可状なんかくれやしない。これから言う修道士についてのことは聖母様お許しを、誰も聞いてなきゃいいけど、お前の父さんはあの人たちを馬鹿にしていて、どいつもこいつも見栄っ張りで頭にあることといったら食うことと他人の女に手を出すことだけだと言ってたよ。ああいやだいやだ、だから罰があたって、ああいうひどい死にざまになったんだ、ちゃんとした墓さえないんだよ。お前は公爵様かドン・マヌエル様のところへ行って、年金が遅れていることを伝えるんだよ、あの人たちにできないことはないだろう、何しろ王様の従弟で偉い人たちなんだから。あたしはジョアキナおばさんのところに行かなきゃいけなかったから、おばさんはまた体が痛いと言っていて、面倒を見てくれる人が誰もいないからね。そんなには居られないからとすぐ伝えて、今日は息子がサン・ドミンゴス修道院にお浄めに行く日で、休むわけにはいかないんだけど、終わるとすぐ帰ってきて夕食をとるんだけど、もどって来た時にあたしが家にいないとシチューが食べられなくて不機嫌になるんだと言うと、おばさんはお前はもう母の乳を求めて泣く子どもでもないだろうしと言うんだ、だからあたしは言ってやったのさ、赤子の時もお前は乳を求めて泣いたりしたことはなかったってね、もっともお前が口を開けて泣きそうな時はすぐお乳を含ませたことも事実だけどね。だけど、お前がお乳を欲しがっては泣かなかったのは本当さ、泣くのはいつもそのあとで、あたしは乳の出が悪くて、乳母を雇わなきゃならなかったのさ。お父さんは乳母の乳でお前を育てるのを望んだけど、それはあたしらのような身分の女性、つまりお父さんみたいなそれなりの身分の人間の奥方は自分の子どもを自分の乳で育てるべきではないって言うんだよ。けど、身分って言ったってさ、結局、旦那がいくら稼ぐかで、お父さんが亡くなってお前も異教徒やら不信心者の世界をほっつき歩いている間、あたしがどんな暮らしをしていたと思ってるのさ、あんなに長いこと、お前が生きているか死んだのかもわからなくて、船団が着いたとき誰か知り合いがいれば、お前の消息がわかることもあったけど、それだってあっちへ行ったとかこっちだとか、結局はどこにいるかわからないという話しで、あたしにしてみればインドのあたりはどこかしこもみな同じで、あの辺の地名ときたら悪魔の呪いがかかったようで全然わかりゃしない、くわばらくわばら……お前が手紙をくれるとあたしはなんども思ったさ、でもお前は手紙を全然よこさなかったし、人からいろいろ聞いた話しではお前はあっちでは他人の手紙を代筆してたっていうじゃないか、たしかに小さい頃から書くことはいつも立派だったけど、他人にはいいことを紙にしたためて、あたしには何にもなしさ。あたしはいつもサンタ・アナ様や聖母マリア様にお祈りして、聖人様の方でもあたしの願いごとにうんざりしないよう時々聖人を変えたりしたんだよ、いつもお前が戦争や海難事故とか向こうにある恐ろしい病気とかで死んだりしないか心配でね、時にはお前の幸運を願って祈ることもあったし、祈ればお前が犯した軽率な罪を煉獄で償う時間を短くできると考えたりしてね、あたしがこの世に授けた体が魚とか野蛮人に食われたりしないように。天国のお前の憐れな父さんがキリスト教徒らしく葬られないで、しかもずっと後だよ、死んだのをあたしが知ったのは。ジョアキナおばさんがこのパステルをくれたよ、お隣さんがくれためんどり一羽、いや一羽じゃなくて半分だったかね、それでおばさんが作ったんだ、まだ他にもあるからこれをお前にと言ってよこしたんだよ、だけどおばさんが信心している聖クリスピン様への祈りを詩で書いてほしいというんだ、あたしはパステルを食べたらきっとお前は書いてくれるんじゃないかとは言っておいたけどね」

「パステルは食べるけど聖人への賛歌なんか俺は作らないよ」

「まあなんてこと！　誰かがお前の言うことを聞いたら聖人様を信じてないと思われるよ。キリスト教の悪い敵からあたしたちを守ってくれる異端審問所は聖人様を信じるよう命じているけど、お前が信じていないのはあたしは知ってるけど、お前は聖人様にすがったことなんかなかったしね、神父様にお前が聖人様を信じないことが辛くてと言ったら、それは傲慢の罪だとマヌエル神父様はおっしゃっておられたけど、聖人様はお前には小者だとお前が思っているからで、満足して信じるのは唯一神の神様だけだと神父様はおっしゃってたけどね。あたしは守ってくださる聖人様を持たないことの方が怖くて身震いしちまったのさ。もし公爵様とかドン・マヌエル様やルイ・ディアス様とかほかの方々の心遣いがなかったら、お前の生活がどうなっていたか見たいもんだよ、王様はお前のことなんか知りもしなかったんじゃないかい。神様には申し訳ないけど、神様がお前のことを知らないっていうんじゃなくて、もちろん神様はあたしたちみんなをご存じで、みんなから眼をそらせることのないご慈悲にあふれた創造主なんだけど、偉大な神様は全世界を束ねることに忙しいから、弁護してくれる聖人様なしでは誰もうまく行きっこないんだよ。あたしにはサンタ・アナ様がいて支えてくれたんだ、もしサンタ・アナ様がいなかったら、あたしもお前もどうなってたかわからないんだ。このパステルはサンタ・アナ様からの贈り物さ。ジョアキナおばさんのところへ行くので家を出る時、あたしは自分に言って聞かせていたのさ、どうかサンタ・アナ様、あたしが手ぶらで家に帰ってきたりしないように、息子にちょっとしたおいしいものを持ってこれるようにとね、それでニワトリのパステルをお願いしたのさ、だってそれが一番確かで、ジョアキナおばさんのところにはいつもニワトリのパステルがあるからさ。でも、あたしはサンタ・アナ様にお前がジョアキナおばさんが頼むことをするとは約束しなかったからね、あたしはお前のことをよく知ってるから、お前に期待できることといえばパステルを食らうくらいだってことはわかってるからね。だから、聖クリスピン様への詩なんか作らなくても大丈夫だよ、あたしが約束したわけじゃないから。おばさんはお前の気が向いたら作ってほしいと言っていたんだよ。お前は文章がとても達者で頼まれる詩はあっという間に書きあげるとみんな言ってるからね。でも、あたしは言ったよ、それは前のことで、今は、ありがたいことにお前のお友だちのルイ・ディアス様からかなりの額になる結構な仕事を受けていて、天国のダビデ王についての詩篇を韻文にするんだけど、全然仕事が進まなくて、今日もお使いが来て先払いした金はどうなると文句を言ってくる始末でねとね。お前の寝てるのかい、あたしの話をお聞きかい？　熱いうちにシチューをお食べ、パステルもね、おばさんのところのいつものやつだったらおいしいはずさ。あたしはもうおばさんのところで夕食は済ましたよ、こんなになっちまったお前を見るだけで食欲がなくなるよ。かつてはあんなにもがっしりとした美男子だったのに、お前を見て振り返らない娘はいなかったし、男だってうらやましさに地団太踏むほどだったじゃないか。太陽の光がお前の髪にあたるとまるで冠をかぶった王様みたいじゃないかとあたしは思ったものさ、罰当たりかもしれないが教会のパレードの黄金色に輝く聖人様みたいだったよ。昨日のことのようにあたしには目に浮かぶよ、俺の目には誰も入らぬとでも言わんばかりにきっと正面を見据えて剣の柄に片手をかけて自信満々の足取りで通りを下っていくのを、まるで世界はすべて自分のものとでも言いたげだったよ、なんてこった、思えば、そんな風にお前の人生は狂いはじめたのさ、外で騒ぎを起こしたり喧嘩沙汰になったり、それから極めつけは例の事件で、全聖人の日にお前は侮辱されてあの間抜け野郎を剣で刺しちまったのさ、おかげでインドに行くことになって、あのバカこそ死刑に価するのに、まちがったことを言ったら神様お許しください。もうこんなに暗くなっちまったね、ランプを点けないと。火が消えちまったから下のご近所に火をもらいに行かないと。ああ神様、年老いて疲れ切ったあたしを憐れんでください、息子はもう大人なのに、消えた火をもらいに階段を降りなければいけないのはあたしなんだから」

暗く静かな部屋の中で彼は目を開けた。手に取るように部屋の様子がわかる、部屋の中の櫃とか枝を挟んだ祭壇や壁にかけられたいくつかの聖人画、皿が縦に並べられた食器棚や片隅の彼の粗末なベッド、さらに母の寝室への戸や台所に通じる扉のひとつひとつを鮮明に思い描くことができた。この瞬間に部屋のもののすべてがひとつひとつ細かく鮮明に見えるように、目の前には天上のはるか彼方から見下ろした海上を航海するバスコ・ダ・ガマの船団やジュピターに抱擁し涙にくれるヴィーナス、アダマストールの怪人が厚い雲の間から現れたり、山をかけ降りるヴェローゾなどをはっきりと鮮明に見ることができた。俺はなぜボルジェスを剣で刺したのだろう。人生の道行を変え、運命を致命的な方向へ向けるためだったのか。星の定めでインドに行くことが俺の運命になり、そうして自分の星を永久のものとするためだったのか。犯した数々の過ちや不運、愛欲の炎が一緒になって俺の破滅につながった、不運と過ちが結局は優ってしまった、俺には愛があれば、本当はそれで十分だったのに。破滅。たった一つの愛。それは詩が偽りであると同時に真実であるごとく、詩が語ることなく語り、語らないことで語るかのようだ。魂についてはそれを書いてみなければ何もわからないし、そして書いてしまった後でわかるのは魂についてのことではなかったということだ。人が海に入るために服を脱ぐのはレアンドロスがヘレスポントス海峡を泳いで渡ったようなものので、破滅をこっちから呼び寄せているのだ。愛だけでそれで十分だったのだ。その瞬間、愛以外のすべては忘れ去られ消失し、その熱で蒸発してしまう。一瞬しか続かないが、その時、時間は止まり、空間がその形に凝結してしまう。真実の空間は時間の外へ素早く逃げ去ってしまい、止まってしまった時間そのものが愛となるのだ。それでいいのだ。崇高の愛の姿は、時間と空間を超えて存在し、天空やあの恐ろしい井戸の向こう側にあるものだからだ。本当に向こう側だろうか、それともこっち側だろうか。しかし、もし愛が心象にすぎなく、魂の究極的な本質以外のなにものでもないとしたらどうだろう？

不思議なことに静かな思考の流れの深い暗黒の奥で井戸の口が開き、驚くべき透明さで中からかすかな形の定まらないものが現れ、そのうちの一つが昇って来、ゆっくりと昇るうちに恐ろしいクラゲのような形と色を示し始めた。ちょうどその時、扉がきしみ、ぼんやりとした明かりのもと部屋の中にあるものが影のない平面図のように浮かび上がった。足音が軽く響いた。

「下の人によると、あたしが出かけてからお前が戻るまで、誰だったかな、あの変な名前のドン・レオニス様に詩を作るよう、お前に頼んだ、あの偉い先生がここに来たらしいよ。今日はみんなここに来るんだね、なんだか最後の審判の日みたいじゃないか。で、その先生は旅に出るということで、お前に会えなくてとても残念がって、くれぐれもよろしく伝えてほしい、それからお前の体がよくなるように強く願っているからと言っていたそうだ。下のおばさんがお前にはもうほとんど先はないだろうと言ったら、その先生はそんな簡単にお前が終わるわけはない、お前は偉大な詩人で今まで世界に存在したもっとも偉大な詩人のうちのひとりで、誰かのことを引き合いに出してなんだかそういうことを言ったらしい。で、おばさんはげらげら笑って、マヌエル神父様も同じことを言っていたけど、みんな人がいいからからそう言うだけで、詩とやらが金になったためしはないじゃないかと言ったそうだ。もちろん、お前は年金をもらったけど、それは本を出したことや父さんがその報われない一生の間に王様にお仕えしたおかげだし、おまえだってそれなりのことはしたわけだからと言ったら、その先生は、人生はいつもそうだ、栄光がやって来るのはずっと後で、もらえたとしてだが褒賞が与えられるのもいつも我々の貢献そのものに対してとは限らないとさ。思うけど、それでは全能の神の無限のご慈悲を疑うことになりやしないかね、お前に年金をくれた国王陛下に対してもちょっと失礼にあたらないかね。とにかく大事なことは、お前が宮廷に行って期日どうりにちゃんと払ってもらってないと文句を言うことさ、あたしはもうあそこに行くのはうんざりだからね、いつもなんで本人が来ないんだって言われるし、この前なんか財務官のやつ、あたしのことをうそつきだって言いやがって、お前が宮廷に来ないのはもう死んでるからで、年金がほしいなら、あたしの名前でもう一度王様に申請しろと言うんだよ。お前が行かないのは松葉杖をついてるのを見られたくないこともあるだろうが、もらうべきものを払ってくれるようお願いするのがその罪深い虚栄心が許さないからだよ。あたしはもう疲れた、横になるからね。これ以上はもうだめ。ランプに気を付けてね、油を無駄にするんじゃないよ、もう夜中だからね、わかってると思うけど火事になるのは怖いから、お前がテーブルで居眠りをするのは初めてじゃないし、もしランプから原稿に火が移って家が燃えたらと思うと、神様どうかそうなりませんように。サンタ・バルバラ様が守ってくれますように。ルイ・ディアス様の召使いが来たら、あたしはなんて言ったらいいのかね？　まともに返事もしないんだね、テーブルで眠りそうじゃないか。ランプには気を付けるんだよ」

ランプの燃える炎の冠のような繊細な火花を彼は見つめていた。ルイ・ディアスの召使いがもどって来たら、ルイ・ディアス自身でもいいが言ってやろう、かつては俺も若者で、満たされ恋もして、好かれ大事にもされ、友だちや奥様がたからとても親切にされたり可愛がられたりしていて、熱い詩情にあふれていたけど、今は何に対しても心のひらめきとか満足を感じることもないと。一年の一日一日の分に相当する三百六十五行の詩を人生の聖なる道と言えるような五行一連にすれば七十三連だが……

息が止まるような不安に駆られて彼は立ち上がった。頭がくらくらしランプのかすかな炎が幾重にも見えた。テーブルに寄りかかり一方の端まで体を引きずり、そこからベッドへ倒れこんだ。ベッドをかき回し、すみっこのあたりから何枚かの紙と小さなインク壺、指輪のなかに差し込んだペンを取り出した。初めて船に乗った時からそうやってしまっておく習慣だった。跪いたままで鋭い痛みが膝や節々に増していき、しかし刺すような痛みに歯を食いしばりながらテーブルまで戻り、手にしたものをそこに置き立ち上がった。苦しそうに息をしながら目を閉じてしばしそのままの姿勢でいた。言葉が彼のなかであふれかえり、以前に試みた時にはうまく出てこなかった役に立たないぱっとしない言葉と一緒にごちゃ混ぜになっていた。まるで全身を悪寒が走った後で迷うようにおずおずと震えが皮膚の小さな領域に集中していくようだった。テーブルにもたれたままやや屈んで、椅子を自分の方に引き寄せ、倒れこむように座った。冷や汗が額を流れるのを感じた。インク壺を開けた時、手の甲が汗のしずくで光っているのが見えた。我慢できない衝動のように喜びの波が押し寄せ、目頭が涙で熱くなった。すべては失敗だった、すべてが。詩そのものでさえ物事の底までも見通してしまう俺の鋭い魂の視線を恐れてか俺を見捨ててしまったのだ。例の井戸の周りを形の定まらないものが揺れていた。しかし、俺は偉大な詩人なんだ、それが貧窮であろうとも悲痛な思いであろうと、あるいは詩の放棄そのものだったとしても手に触れるものすべてを詩に変えてしまうのだ。全身震えながら、ペンを握る手だけはしっかりと彼は書き始めた。**バビロニアを流れる川のほとりでシオンを私は座って……**　乱暴に訂正し再び書き始めた。**バビロニアを流れる川のほとりで私はそこに座ってシオンの思い出に泣いた、いつまでもいつまでもそうして過ごしていた……**

一晩中、彼は書き続けた。

アララクワラ（ブラジル）、一九六四年三月二七日

植民地のあとに残ったもの

テレーザ・ヴェイガ

水沼修　訳

テレーザ・ヴェイガ　Teresa Veiga
1945年にリスボンに生まれる。寡作でありこれまで発表した作品は7冊のみであるが、各作品の評価が非常に高くポルトガル文学の最高の短編作家の1人と目されており、カミーロ・カステロ・ブランコ短編文学賞を3度受賞している。
インタビュー等を受けず、私生活を秘しているため作家についてはほとんど知られていない。

あの大佐は変態だ。まるでここがすべて自分のものであるかのようにああだこうだと偉そうな口を利きながらホテルのなかを歩き回わり、齢五十をとうに過ぎた老年にしては目の前に女性がいると襲いかかる方法を考えずにはいられないのだ。私と叔母が一緒にエレベーターに乗っていた時も大佐は急にバランスを崩したふりをして両手を前に突き出し、目の前で堂々と叔母の胸をつかんだが、エレベーターが止まりドアが開いてエホバの証人の一族全員が一列にそこに並んでいるのを前にしてはじめてその手をもとに戻したのだった。

だが、この獣の本能を私が思い知らされたのは、誰もいない廊下で私を捕え、ものの数秒もたたないうちに体を上から下へとほとんどあますところなく豆ひとつ隠せる場所もないほどに触りまくった時だった。ボルジェス姉さんも私の憤懣を理解してくれてはいたが、私よりも数歳年上の三十に近い年齢で、人生の脆さや儚さに対する敏感な感覚を持ちあわせていたこともあり、大抵は熱いシャワーや血行促進剤、咳止めシロップで解決し、導師のような落ち着きを必要とする時には抗不安薬などで凌いでいた。よくよく考えてみれば、かつて我らが植民地帝国で指揮官を務めたこの大佐は、ここシエスタ・ホテルの廊下で昔のゲリラ戦法を反射的に使ってしまっていただけなのだ。私は復讐を計画する代わりに大佐のことを理解して、可能な限り出会ったりしないよう善後策を講じるべきであった。そして、ボルジェス姉さんと同じように、とても控えめで徳が高くかつ熱心なカトリック信者で、毎晩性交《やられ》まくっているにもかかわらず、いつも上品な髪型と服装の大佐夫人を味方につけるべきであったのだ。

私たちは、三つ星のシエスタ・ホテルで休暇を過ごしていて、ここは百二十五の客室のほとんどが引揚者〔一九七四年革命による民主化の結果、七五年にアフリカの旧植民地諸国が独立することになり、その過程で二〇〇万人程度の人々がポルトガル本国に帰還したとされている〕によって占有されていた。ヤシの植木や黄麻の絨毯、緋色のソファなどが置かれたホテルの部屋は派手な色使いのけばけばしい装飾がされていて、廊下にある真鍮の花瓶からは藤色や紫、白色のアクリル製の羽根が顔を出し、モビール風ランプシェードの形状と色彩には悪魔を思わせるようなところがあった。外観はさらに壮観で百二十五の客室はベランダがすべて太陽に向いていて、腎臓の形をしたプールがあり、アスファルトの小さな通路は何百もの足によって踏みつぶされ鋼鉄のような色になってしまった芝生の中を通っていた。私は海浜での初めての休暇を楽しんでいて、それは従姉のボルジェス姉さんの経済的に恵まれない親戚の同行者としてで、姉さんが私の掛かりを節約しているのは見え見えだったが、それでも、感謝の気持ちを表すことには抵抗はなかったし、彼女が自分の性格に反するようなことをしなくてもいいように、前もってその意図をおしはかり先手を打つよう心がけていた。例えば、ケーキを二つ頼む時、従姉がひとつでは決して満足できないことはわかっていたので、私は自分の分をわざと時間をかけて半分だけ食べ、ほしいと言われる前に残りの半分を差し出すようにしていた。それで何かを失うわけではないし、まるで私が何かを買ってあげたかのように彼女の口からありがとうという言葉を聞くことができたのだった。そういうわけで、単に遺伝的なものだけではないと思うが、段々と従姉は完全に丸型の体型になっていった。しかし、そのほうが自分を気に入っている人たちを喜ばせるのだとさえ言いきっていたのだ。また、ラミレス大佐のみだらな振る舞いも女性美に対する彼女の視点を擁護する大きな支えになっていた。実を言うと、将来の家の建設に使うはずだった金とともに消えてしまったある請負人と恋仲にあった時以来、こんなにも浮き足立っていきいきとした従姉の姿を見たことがなかったし、公共の場で舌を大きく出してアイスクリームを舐める様子や市場の屋台でレーズンやドライフルーツを無邪気に盗んだり、誰にとも無く恥じらいもなく微笑んで見せて、不必要なほどに大声で上ずった様子で話すなどのいくつかの兆候を私が正しく読み取っていたとすれば、同伴者である私の存在が、たとえ私が従姉の冗談には付き合わずその馬鹿げた行動に不快感を示すことがあったとしても、自分を過去に引き戻すような興味深い影響を引き起こしていたのだと思う。

ある時、ホテルのテレビが壊れ、宿泊客の苛立ちがラウンジに充満する事態が起きた。一週間が過ぎ、知ったかぶりの素人があれこれ調べても、テレビが突然映らなくなった原因を解明できないままで、怒りと失望も相まって荒唐無稽な憶測まで飛び交ってもいた。そして、私の従姉はホテルを離れることを真剣に検討し始めていた。バタクランのような成金的雰囲気や謎めいたムンディーニョ博士の何とも言えない魅力〔一九七七年五月にポルトガルで放送が始まった、ジョルジェ・アマードの小説を原作とするブラジルのテレビドラマ（テレノヴェーラ）『ガブリエラ』の舞台や登場人物〕を感じずにいることが耐えられなかったのだ。この非常事に私は大佐の部屋に個人用のテレビがあることを思い出し従姉に伝えた。そんなわけで、ある夜、風邪をひいた民間の修道女のような格好をして、あらゆる攻撃から身を護るための心理的な武装を施した上で、私たち二人は大佐の部屋のドアをノックした。すでに何度も訪れるように大佐から招待されていたのだった。

この夜は幸先が良かった。大佐はテレビドラマにすっかりのめり込み、よだれを垂らした犬のように女優を貪りながらつまらない冗談を吐いていた。それからカードゲームに興じることになったが、大佐夫人の友人で賭博好きの女性が現れたため、私はそれは失礼することになった。最後に大佐は写真を見せ始めたのだが、ほとんどすべて黒人女性の裸体写真でそれを彼は「我らがアフリカの姿」と大げさに呼んでいた。

その夜の経験が悪いものではなかったので、次の日も私たちは大佐のところを訪ねた。しかし今度は話には聞いたことがあったある人物もその場にいた。それは大佐の娘のセミラミスだったが、美容室を開業するためにホテル内の狭い一角を大佐が彼女に与えてからというもの、彼女に関するまったく相反する噂が流れていた。国からの助成金だけではドライヤーや流し台、暖房機などを揃えるにも事欠くありさまだったと彼女は私に言っていたが、見たところ事実はそうではなさそうだった。大昔に編んだままの油っぽいベトベトした三つ編みや、なかなか言うことを聞かない縮毛、毛の抜けた六十代の薔薇色の頭蓋骨、感染性脂漏症、あらゆる種類のシラミと寄生虫など、彼女はありとあらゆる顧客をその年に経験していた。そして、客を満足させるために、DDTから「フランス製」のラベルがついた手製のボトルまであらゆるものに手を染めた。彼女ははっきりとは言わないが、巷での噂によれば、何トンもの毛髪は銀行の通帳へと変貌し、コンピューターの誤りであるような信じられない速度で数字が右肩上りに伸びていっていたと言うのだ。経営の才能と百パーセントコロニアル・スタイルのすらりとした容姿という二重の魅力を持つこの人物は私の存在に興味を示しこちらにやって来ると、無料で私の髪を整えるという提案をし、アイロンのかかったペティコートではなくぴったりとした黒のショーツと派手な柄のブラウスといったシンプルな服装にすればきっとうまくいくにちがいないと私に言った。テレビで芝居の中継が始まったところで彼女はそこから私を連れ出した。

「行きましょう。弟を紹介するわ。お仕置きで部屋から出られないの」

実は、セミラミスの弟の話から始めるべきだっただろう。家族の実質的構成は父親と母親、そして子ども二人であったが、この家族の特徴は子どもたちは親と全然似つかず、腹の底では憎しみあっていたということだ。ただし、子どもたち同士は例外で強い絆で結ばれていた。そして、弟には彼だけの特異性があった。小人症だったのだ。だが背の高い小人で、身分証によると十七歳で一メートル四十センチだった。私はその前に遠目で彼に会ったことがあり、その時は子どもと勘違いしていないことを見せるために、恥じらうような笑みを浮かべて挨拶した。

そういうわけでセミラミスは「弟を紹介するわ」と言った。私は本当に感動した。生まれて初めて女としての私に対しそれなりの敬意が男と女の関係を予感させるような仕方で払われているのが感じられたからだ。

「弟のペリクレスよ。友だちはピクルスと呼んでいるわ」とセミラミスは言った。「十歳児のようだけどもう十七歳なの。医者は成長が止まったのは感情的な問題だと言っているけど、いつか成長が始まったら、もうだれも彼を止められないらしいわ」

その紹介の仕方が配慮に欠けたものと当時の私には感じられたが、後にわかるように、ピクルス自身が、初対面の時に彼をどのように定義するのか相手に決めさせるように仕向けるのを好んでいたのだ。病気なのか、異常なのか、障害なのか、見世物なのか、それとも単に彼自身、つまり身長一メートル四十センチで口ひげが生え始めたピクルスなのかを。

彼は電子工学やコンピュータとか、その他あまりそそられないテーマの専門雑誌に囲まれていたが、作業台に散らばった、数字や図表が書かれた無数の紙から判断して彼を夢中にさせるものだったにちがいない。愚かにも私が興味ありそうな態度を示したため、優に三十分もの間、たとえや図によってコンピュータの動作について彼が説明するのを聞くはめになってしまった。だから、大佐夫人が部屋に入ってきて、ちょっとだけお邪魔しに来たのよと言って、アフリカでの生活（オマールエビがみんなの毎日の食事で、わたしは総督のところの舞踏会に長いラメのドレスと金色の履物でよく通ったものよ！）や、子どもたちの将来の展望について話し始めたときは私は感謝の念さえ抱いた。母親としての愛情が夫人を惑わすことはなく、輝かしい過去の思い出も彼女の現実的で実践的なあり方に影響を与えていないことに私は気づいた。いろいろともっともなことを話したあとで、最後に息子はベッドで見栄えのいい男性を求めている女性には向いていないかもしれないが、あなたのような賢い女性ならきっとこの未来の機械技師にそれなりのよさを認めてくれるでしょうと言った。私がピクルスの方を向くと、彼は唇で「電子工学」と訂正した。我々四人はその言いまちがいに笑い、会話は当たり障りなく穏やかに続いた。

「弟のことどう思う？」セミラミスは別れ際に少し悲しげに私に聞いた。

少し気まずかったが、興味深い子だと思うと私は答えた。

「どうして?」と彼女は訊いて来た。

「えっと、彼はいろんなことを知っているし、『あれ』が彼に特別な円熟味をもたらしたのだと思う」

彼女は安心したようだった。「あなたはわかってくれると思っていたわ。彼の才能だけじゃなく、それ以外のこともよ。円熟というわけではないけど、円熟という言葉は陳腐だと思わない? でも、あなたが『あれ』について話すのはわかるわ。『あれ』は、いろいろと面倒なこともあるし、恐ろしくもあるわよね。みんなが思うような意味ではなくてね」

「そのとおりね」彼女が何を言おうとしているのかさっぱり理解できなかったが、私はすぐにそう応じた。

その後、セミラミスが自分の好きな話題、つまり弟について触れるときの考え方や話し方の不明瞭さに私は慣れていった。まるでピクルスの真実が、彼女だけが入ることができる迷宮のどこかに隠されているかのように、彼女はいつも回りくどい解説じみた言い方で彼について話すのだった。

そのうちピクルスの問題に関しては、父親が罪悪感からくる一種の精神病にかかっていると彼女が診断していることがわかった。子どもの頃、父親が家で軍隊に号令するような大声を出すたびに彼は気絶していたらしい。さらに、ピクルスには愛玩動物、特に猫に対する恐怖があったのだが、ある時、大佐はいつか本当に獲物を狙うときにしっかり撃てるように、野良猫に向けて発砲することをピクルスに強要したこともあったそうだ。そういうわけで彼に対する私の興味は更に高まり、会話をそれとなく当時では当たり前の話題だった戦争のトラウマへと導こうと何度も試みたが、家族が頑としてわかろうとせず、大佐夫人にいたっては、彼女が答えない権利が私が話す権利に相当するかのように、横柄に微笑みながら頭を振って、私に背を向けるのだった。ピクルスとの会話も容易ではなかった。彼は大抵お仕置きを受けていて、つまり勉強するために部屋に閉じ込められていたということであるが、大佐夫人は決まって私をもの柔らかに追い返した。私はセミラミスに、彼がどのような罪を犯したのかを尋ねた。すると彼女は、成長しないこと以外は何もしていないけど、小人症だからこそ、両親は彼が持っている知性を最大限引き出せるよう精一杯勉強させようとしていると説明してくれた。彼が筋骨隆々の低能であったならば、きっとそうする必要はなかったことだろう。また、徴兵を免れるため、そして大佐の計画を頓挫させるために、ピクルスが意地を張って成長しないままでいるという妄想を大佐から取り除くことが誰もできずにいた。遺伝の法則に従えば、ラミレス家の血統のすべての男子は体格が良くなるはずであったということらしい。

従姉にこういった話を伝えたのだが、私がこの両親の精神的残虐性と偽善を非難すると、彼女はひどく怒りだした。大佐は完璧な人間だし、夫人も愛情あふれる母親としての条件をすべて備え、不幸に見舞われた偉大な淑女にふさわしい振る舞いをしているわ。一人息子に多少厳しくあたっているのだとすれば、それは、彼が正常な大きさにまで達しなかった場合にこの先直面することになる大きな困難に備えたいと思っているからよ。私は、それでも図体の大きい脳なしよりは、と得意げに遮った。そこがあなたの間違いなのよと、暗にではあるが私が大佐のことをほのめかしたことに彼女は獣のように激しく反応した。ここから議論が始まり、ボルジェス姉さんは例によって恋愛や結婚生活における男と女の役割の重要性を主張し、私のほうは、とりわけ自分が道徳の師と仰ぐかの「クレイハンガー」〔貧しい家庭に育ったエドウィンと妻ヒルダの二人の生いたちから結婚生活に至る葛藤を描いたアーノルド・ベネットの「クレイハンガー一家」シリーズ（一九一〇―一八）に登場するエドウィン・クレイハンガー〕や、ルナールが大人になる前の「にんじん」〔ジュール・ルナールの自伝的小説『にんじん』（一八九四）の主人公〕など、自分の色恋の趣味をあれこれ聞かせることで彼女を憤慨させた。

私がピクルスのことで考えこむようになったのはこの会話の後だったと思う。どんな流れでそうなったのかはわからないが、彼が一日二十四時間つきまとって離れない妄想のような存在にまでなっていて、私が見えない誰かと一心同体になっているのではと驚く者もいたほどだ。欺瞞と虚飾の仮面を被り自身の策を用心深く隠そうとするセミラミスの影響は別として、私自身がピクルスの周囲に魅惑と魅了の込み入った雰囲気を作り出し、無実の犠牲者の力に屈するだけでなく、自分の魔術に自分がかかってしまったということは認めなければならない。

これがそれまでの経緯だった。随分と前から大佐は海岸に行くことを計画していて、それは観光客で溢れかえりホテルの宿泊客が足繁く通うようなありきたりの砂浜ではなく、荒野に生える草のように貝や蟹がのびのびと生息し、大自然の中を裸で歩き回れるような汚れのない海浜だった。食料のほかに、テントを作ったり昼寝をしたりするために使用する小布を持っていき、シーフードブイヤベースを食べ、先程まで照りつけていた太陽が海に沈むのを見た後、夜遅くに帰ってくる。出発の前日、天気予報はあまり芳しくなかったが、我々は熱心に準備に励んだ。大佐のオペルは、外から中までホースで洗い流されたが、まるで所有者の何かを譲り受けてしまったかのように、そこに染み付いてしまったすっぱい臭いは取り払うことはできなかった。それと引き換えのように、車体は大きく作りもしっかりして快適だった。前部座席には大佐と夫人が座った。後部座席には、従姉、夫人の友人、セミラミス、ピクルス、そして私が大佐のちょうどななめ後ろに座った。従姉が二席分を占有してしまったため、ピクルスが座るために与えられたのは、私とセミラミスが両足をきっちり揃えて斜めに保ち続けることによりようやく確保できたわずかばかりの隙間だけだった。あまりにも居心地が悪かったので、まだ六キロも走っていない段階で、私は彼を膝の上に乗せ、腕を回して抱きかかえるようにした。

これが私がとれた最良の策だった。ピクルスの羽毛並の体重では私のスカートがしわくちゃになることもなく、四十ワットのランプ以上の熱も伝わってこなかった。それ以降、私は心から旅を楽しめるようになった。車体がとても大きく重心が傾いていたため、車線の外に滑り出る傾向にはあったものの、どうにか支障なく走ることができていて、上機嫌の大佐はオペルに惜しみない称賛を送っていた。大佐は出発当初、これはドライブだ、マラソンしにいくんじゃないんだ、と言っていたが、セミラミスにけしかけられると、計測メーターの針が文字盤の右端に振り切れるまでアクセルを踏み込むようになっていた。大さわぎだった。塩気のある空気が窓から勢いよく入ってきていたため、そこら中のタオルや布がパチパチと音を立て、今にも飛んで行きそうだった。私とピクルスは前かがみになり、風の鞭を顔全面で受けていたが、それは昂ぶる感覚で、もし私たち二人がバイクに乗った命知らずだとしたらモハベ砂漠の中を警察から逃げるときに得られるような感覚とおそらく左程変わらないと思う。実はと言うと、速度と振動のせいで頭がくらくらし、私は気づかない間にピクルスをきつく抱きしめていて、彼は息苦しくうめき声を上げてこれに抗議した。私はそれにすぐに気づくと、自分の知る語彙の中で最も優しい言葉で彼を落ち着かせようとしたのだが、熱のこもった口調も風のせいで彼に届くことはなかった。私はそれで満足せずに、トロピカルフルーツや動物が描かれたアフリカンシャツの下に手を差し入れて、鳩の胴体のように柔らかく弾力性のある骨格の上に張られた褐色の肌をなでた。彼の背筋に震えが走るのがわかると、私は、マッサージをするのが好都合だと考えた。それは眠れないときに従姉が私に施してくれて以来、私が得意としていた技法であった。私は、厳つくごつごつした肩甲骨のあたりからはじめ、一センチごとに区画を開拓していき、細いロザリオのような背骨を通り抜けたり、ときには脇にそれたりしながら、はじめのうちは従姉の指の妙技を模倣していたものの、段々と独自のひらめきに基づき行うようになっていた。それは、熟練の技術というより心の言葉からくるものだった。

それが失敗ではない証拠に、ピクルスが私の膝の動きに合わせて体を揺すり、きちんと栓がされてない風船のように、少しずつ私の手に落ちていくのがわかった。見なくても、彼が目にどういう表情を浮かべているのかがわかった。今ここで手を止めれば、彼は私のことを嫌いになるだろう。だから続けるしかなかったし、自然である程度陽気な空気を保たなければならなかった。幸運にもセミラミスが屏風の役割をしてくれていて、彼女が笑いながら大声で会話をすることで周りの注意を引きつけていた。

手首が痛くなり始めたので、私は彼の関心が外の良い天気だったり、行楽客で満杯の楽しそうな路線バスだったり、いかにも宇宙かどこかから落っこちてきたかのような風情で道端に立つ売春婦といった、より健康的な光景に向くよう試みたが、彼に何度か足で小突かれたことでそれが時期尚早であったことを悟った。最悪なことに、ピクルスの要求がそれだけで終わらず、あからさまになってきていて、想像もできないような次元の騒ぎを起こさずに、私がそれに抗えるような状況ではなかった。彼の命令の仕草に従って、私は指を臀部と腹部のあたりの岩のように鋭く尖った二本の骨の奥の強固で滑らかなくぼみへと滑らせた。そこで私は、彼がいつも腎臓のあたりで保っていた奴隷の拘束具のような男性用の重いベルトを通り抜けたことに気づいた。もう後には引けなかった。めんどくさい説明は抜きにして上品な言い方をすれば、すでにピクルスの枢要部に達していて、私がそこで中断することも、ピクルスが私たち二人がなぜ黙っているのか知りたがっている母親の好奇心を満足させることもすでに論外の状況だった。つまるところ、私は彼を十分喜ばせたし、私自身もいくらかの恩恵を受けたのだ。その段階でセミラミスの威勢のいい声が完全に聞こえなくなり、彼女に肘で優しく突かれた時に私は初めて反応することができた。車は紺色の海岸線が見えるところで止まっていて、恍惚とした静寂の後に到着がもたらす喧騒が続いて、間が抜けたような心地よさの中、どのようにしてこの関係に終止符が打たれたのかよくわからないまま、突然、私はピクルスと離れているのに気づいた。

浜辺からはまだ離れていたため、念願の砂地に到達したときには膝は疲労困憊だった。我々は二組に分かれ、男性が一方に、そして女性が反対側に移動し、葦の草むらの中でしゃがみながら水着に着替えた。その後、それぞれが自分の体の弱点を欺き隠しつつ、こっそりと他人の肉体を鑑賞しながらそろそろと野営地に集まって来た。セミラミスだけは例外で、彼女は引き締まって形のよい太ももや桂皮色の絹のような肌に加えて、全身野性的な魅力に満ち溢れていた。大佐の体はほとんどカエルで、夫人とその友人はコルセットで締め付けられた綿詰めの水着で身を覆い、大げさなメキシコ帽の円錐の中に乱れた髪を隠していた。従姉のほうはもはや誰かと比較するうんぬんのレベルではなかった。彼女の水着はスケート選手用の型で、余分な肉を覆うために二十センチほどのひだ状のスカートがついているもので、化粧や首飾り、ブレスレット、そして大きめの指輪をつけることも忘れていなかったので、まるで若い肥満アイドルのようだった。セミラミスが水浴びにいくことを提案したので、みんなそれに従い、急いで水に入ることはないし、せっかくの見た目が台無しになるからというボルジェス姉さんの執拗な訴えは無視された。その訴えをよそに、波の中での騒ぎに紛れながら、私とピクルスとセミラミスは潮の流れに乗って海岸と平行に泳ぎ、足を濡らさずにはやって来れないような小さな入江にたどり着いた。私は疲れ切って砂に倒れ込んだが、彼女は一切の疲れを見せず、その辺を一人で見てくると告げるとどこかに行ってしまった。ピクルスはすぐに倒れこんでいて、うつぶせで四肢を広げたそのさまは難破して浜に打ち上げられた死体のようだった。私は目を閉じた。彼が私のところに来たければ来るだろうと思ったが、その場所と時間の穏やかさは誰にも遮られることはなく、ただただ時が流れていった。すると思いがけず雨が降り出した。にわかには信じがたかったが、それはまさしく、太陽の前に唯一居座っていた丸くて巨大な雲から発生した雨だった。我々の頭上で暗くなっている空間に斜線が横切り、それらは地面に落ちる際に小さな穴を形作った。私たちはずぶ濡れになってしまう前に、走って岩の軒蛇腹に避難した。その近くに、二つの岩の塊の間に深いくぼみのような空洞が広がっていたので、私たちはより安全な場所を求めてそこに移動した。その奥は通路のようになっていて、さらに先に進むと天井の低い洞窟が現れたが、そこは空気がこもっているらしく、濃厚なヨード臭が漂っていた。奇跡が起きたのはその場所だった。より正確に言うと、変身なのだが、自然の摂理に反するようなことが起こったわけではなく、それを医者が予見していなかったわけでもない。海の奥のあの浄化された空気の中で、ピクルスは体を押し広げ、胴が引き伸び、腕を伸長させた。しばらくするともう少しで頭が洞窟の天井に届きそうになった。また少し時間が経つと、今度は跪かないことにはそこに収りきらないまでになってしまった。しかし、彼には驚いた様子もなく、私もその現象が危険を伴うものでもなければ制御不能なものでもないのだと自分自身を納得させると、次に、喜ばしい感情と、彼とともにこの素晴らしい出来事を共有しているのだと感動した。そして、私は泣いた。私たちは一緒に涙を流し、その涙は私たちの周囲の砂を少しだけ湿らせたのだった。

　私たちは大佐夫人とその友人のところへ戻った。彼女たちは、汚れたタオルの山の中、メキシコ帽の影の下で熱心に編み物をしていた。大佐と従姉はエビ捕りをしていて、セミラミスはきっと海か断崖のどこかにいたのだろう。私は、大佐夫人がピクルスの変貌について言及するのを待っていた。けれど、称賛の眼差しを少しの間彼に向けただけだった。もう一人の反応はより不明瞭だった。そのちょっと後でわかったのだが彼女たちは従姉と大佐の関係を疑っていて、針の落ち着かない様子が彼女たちの精神状態をこの上ない形で表現していたということに私は気づいた。

　ピクルスに再び会おうとしたが、門前払いをくらった。彼は通信課程の修了試験の準備をしていて、彼の一年間の努力が誰かのせいで台無しになってしまうような危険を大佐は許さなかった。ボルジェス姉さんの運も私と変わらなかった。夫人が大佐の背徳行為を暴露すると脅し、結果的に彼はホテル内での権威を失い、もしかしたらいくつかの特権にまで別れを告げざるを得ない状況に追い詰められたのである。

私たちは行楽の最盛期にホテルを後にした。プールは人の海で見えないほどで、ホールには毎日賑やかな人だかりができ、ドアは熱風と新たな宿泊客の流れを受け入れながら開いては閉じてを繰り返していた。私はタクシーに乗る前に最後にもう一度百二十五のベランダと腎臓の形をしたプールに目を向けたが、その光景は涙目に歪んでぼやけて見えた。それでも私は求めていたもの、アパートのベランダにいるピクルスを見つけることができたと思う。彼は手すりに身をのり出し手を振って別れを告げていた。しかしあの距離で逆光とあっては、その別れが私に向けられていたのか今では確証を持つことができない。彼だったのか、それともほかの小さな男だったのか、小人だったのか、知らない少年だったのか、どこかの子どもだったのかさえも。

汝の隣人

テオリンダ・ジェルサン

上田寿美 訳

テオリンダ・ジェルサン　Teolinda Gersão
コインブラに生まれる。ドイツ、ブラジルのほかモザンビークで生活した経験から、独立前後のモザンビークを描いた“A Árvore das Palavras（言葉の木）”を執筆。多くの文芸賞を受賞している。

建物の入り口に着き、通りに面したドアを開けた時、すでに五時五分を回っていた。その時、エレベーターのベルが鳴っているのが聞こえた。誰かが閉じ込められていると思った。でも、地下鉄の駅に行くためひどく急いでいた。カイス・ド・ソドレ五時四十五分発の船に間に合わなければ、その次は三十分後になってしまう。

船のあとはさらにバスに乗らなければならない。帰宅してすぐすることは夕食を済ませることだ。すでに大方準備はしてある。そのために五時半に起きるのだから。子どもたちが宿題をやったかどうかを確認し、服を洗濯機に入れて子どもたちがお互いに悪口を言い合うのを聞いて、最後は叱りつけることになる。

できることなら、私だって、食事よりも帰宅してすぐに横になりたい。なのにあのいたずらっ子たちときたら、ベッドに入ろうとする気配もないし、疲れることなんてないのだから。片や私は疲れ果て、夜倒れんばかりの状態で帰宅する。

そう、これはただエレベーターの中にいる誰かのことについて、あまり思い煩ったりしないように言っているだけ。もし、あそこに誰かが閉じ込められているのなら、そこに居ればいい。たとえその人が脱獄犯だったとしても。

ここのマンションの住人はこういう場合に備えて、設備の整ったエレベーターを余裕で買えるし、救助に駆けつけてくれる人も雇える。という訳でもうそれ以上は考えないことにし、もっと切実な自分の生活に戻った。

ところが、すでに船の上でも、まだエレベーターの中にいた誰かが困っているに違いないという考えが頭から離れない。そして、横になってからも救助に時間がかかった場合の窮状を思い浮かべた。

エレベーターも地下鉄も好きじゃない。地下を通るのはまるで棺桶の中にいるようで、お腹にゲンコツを食らわされたみたいになる。それに、もしあんなものが頭の上に落ちてきて、瓦礫の山の下敷きになりでもしたら。

地上を歩くこととはやっぱり違う。少なくとも地上には空気がある。地震が起こったら、聖アントニオですら私たちを助けてくれないとしてもだ。まず崩れるのは絶対にトンネルだし、町はトンネルだらけ、モグラの通り道みたいで穴の空いていない広場なんてありゃしない。橋も好きじゃない。あれは揺れるし、風でヒューヒュー音がして、まるで悪魔が自在に歩き回っているみたいだ。

船の代わりに電車を使うこともできたけれど、橋の上を電車で通るなんてゾッとする。船のほうが安全だといつも思う。

要するに、私が言いたかったのは、ベッドに横になり、疲れきっていたから寝入ってしまったけれど、真夜中の二時頃に目が覚めたということだ。ただそれだけ。そして最初に考えたことはやっぱりエレベーターの中で叫んでいたかもしれない誰かのことだった。

でも、何も起こるはずなんてない。エレベーターが金属の箱のように閉ざされているのは事実だけれど、空気の通る穴があるはず。それかエアコンがあるに違いない。あそこの住人はどんな隅っこにもエアコンをつけるもの。空気がないと感じるとすれば、ただの気のせいに違いない。それに、私に何をしろと言うのだ。警備の人でも呼びに行けばよかったかしら。でもその人がどこを回っているのかなんて知らなかったし、玄関口にはいなかったし、ガレージか廊下かどこかを見回っていたのかもしれないし、どこに行ったのかも分からないのに。

私には全く何の関係もないこと。エレベーターが故障したのなら、それはそっちの問題だ。階段を掃除する、そのために私は雇われているので、エレベーターに乗るのは掃除をするためだけ。最上階まで昇り、上から始めて下へと降りていく、そう言う決まりなんだから。下に着く頃にはすっかりどの階段も踊り場も、降りながら掃除し終えて、腕も足も、それにモップの柄を回しすぎて手のひらまで痛くなっている。

あの人たちは仕事がどういうものか分かっちゃいない。犬の散歩や美容院やジム通い、高級店での買い物のためにエレベーターで昇ったり降りたり、階段を掃除している誰かのことなんて考えもしない。私がいくらもらっているかなんて知るはずもない。マンションの経費なんだから。言葉を交わしたことなんて一度もないし、私が話す相手といったら何もしないで命令ばかりの管理会社の担当者たち。まったく、そんなことなら私だってできる。あの人たちよりずっと上手にね。おい、そこの君、あそこの階段を掃除してくれ。月末にはこれだけ払うぞ。ああ、難しい仕事だこと。あの人たちも掃除してみればいいのよ、そうしたらどんなもんかわかるでしょう。なんて言ったって私が掃除しているのはあそこの建物だけじゃない。まだ他にもあるんだから。廊下やガレージまで、あんなもの、場所の無駄遣いだね、誰も使わないあの場所に何家族も住めるでしょうに。

うちなんてもう一つ机を入れる余裕すらなく、子どもたちは台所の机で宿題をやる。でも幸い、隣のアルナルドがベランダをサンルームにしてくれたおかげで、やっと生活用品を置く場所ができた。そして夏物や冬物など季節外れで使わない服の入ったスーツケースは、ベッドの下に入れてある。サンルームができる前は窓の下から冷たい空気が入ったりもしたけれど、これでずっとよくなった。サンルームにあまり余裕はないけれど、それでも何かと便利だし、少しでも助けになるものなら、何でもすかさず、私はこの手で掴みとる。

そう、エレベーターの中の悲鳴を聞いた時には、そこにいる誰かのことを思って気の毒になった。でも、あのマンションのエレベーターはいいものに違いない。だって、あの人たちには大きな車や、屋根の上には芝生も何もかも揃った庭園があるのにお金がないとでも言うのかしら。それに、屋根の上にはプールまであって、周りにはデッキチェアやパラソルまで。あそこでは、屋根の上なんて言わずに、テラスと呼んでいるけれど。見たところ、屋根なんてないし、少なくとも、あそこに瓦なんて見たことない。あれは芝生や植物で全体が覆われたベランダのようなものだ。それだって使ってもいないし、誰かがあの庭にいるのなんて見たこともない、そこにあれほどお金をかけるんだから、エレベーターをケチるはずがあろうか。いや、あの人たちは節約が何であるかさえ分かってない。エレベーターには、いつも電話越しに誰かがいて、必要な時に対応してくれる。もしもし、エレベーター係の方ですか。あの、私、この中から出られないんですが。エレベーターが故障して、上にも下にも動かないのです。それではその奥にあるボタンを押してください。もうボタンはすべて押したのですが、動きません。それでは、そちらへ専門の技術者を遣りますので、今しばらくお待ちください。

そうして、すぐに誰かがその窮地を救って、迷惑をかけたことのお詫びまでするだろう。私が船を逃すまでもないことだ。その上、お昼には下の息子の運動靴を買いに走らなければならなかったのだから。息子が靴を持って行かなければ、先生は欠席にするだろう。運動靴のそばに値引したソーセージとマフラ地方のパンを見つけたので、ソーセージとパンも買って、そのあと六階の奥さんが踊り場に私がいるのに気づいてドアを開け、一日賞味期限切れの牛乳六パックがあるけどどうかと聞かれたので、私は、はい、と返事した、だって、牛乳は絶対に悪くなっていやしない。そんなわけで、私は運動靴、ソーセージ、マフラ地方のパン、そして牛乳パックを抱えて帰るところだった。ただもう、できる限り早くあの建物から外へ出たいということしか頭になかったところに、それでもロバのように荷物を抱えたまま誰かを探しに行かないといけないのだろうか、警備の人の姿がなく、出る時に誰ともすれ違わなかったがために?

バカな考えはよして、そのことについては考えないようにしないと、悩みごとなんてもう十分にあるのだから。

ところが、結局そのせいで眠れなくて、ようやく眠りについたのは四時頃になってからのことだった。それに朝目覚めてすぐにあのことについて考えるなんて、まったく、私ったら何て愚かなのかしら。

着いてすぐに、警備の人が話してくれた。

「そう言えば、リカルディーナさん、何があったか知ってますか。九階のマダムがエレベーターに閉じ込められたんですよ。マダムは閉所恐怖症なものだから、動かないとわかるや大声を出して、壁を叩き始めたんです。ところが、エレベーターは分厚い箱だし、フロアのドアは強化ドアで、窓も二重なものだから、誰も物音一つ聞こえやしなかったんですよ。

私は巡回の時間だったんですが、何とか気づいてすぐに見に行ったら、エレベーターは七階で止まっていたんです。二階下がったのがつっかえていて、中にいたマダムが、真っ暗でボタンが見えないと叫んでいました。奥さん、と私が言いましてね、心配なさらないでください、落ち着くことが肝心ですよ。彼女がインターホンのボタンを見つけると、遥かアルガルベの会社から応答があって、残念なことに勤務時間外ですが、できる限り早急に解決します、と言うんですよ。ところが、まあ、それがほとんど一晩がかりで、建物の住人が集まってきて方々に電話したものだから、不安になった他の棟の隣人たちもやってきてしまって階段は溢れかえるし、マダムは中で、まるで、解体される豚みたいに泣き叫んでいたんですから。くわばらくわばら。

まるで映画のようでしたよ、リカルディーナさん。こんなこと見たこともない。でもこの建物の住人は少なくとも人生に一度、顔を合わせたってわけです。ほとんどの人は近所が誰か知りもしなかったし、行き交うこともなかったんですから。それぞれの階に所有者が一人で、別の住人に会うことなんてほぼないですからね。それに、上にある例のプールは眺めるだけで、せいぜい子どもたちが数人集まるくらいなものだ。というのも、もし住人が行けば、半分かそれ以下でも、あそこに全員は入りきらないでしょうな。だから誰も行かなくなったんです。

私ならマンションなんて御免ですよ。金があれば、もっと別のものを選ぶでしょうに。でも誰もが一番いいと思っているんですよ。少なくとも巷ではそう言われてますがね。

さて、日も暮れてからようやくエレベーターの係員がやってきて、マダムは死人のようにぐったりと抱きかかえられて運び出されたのです。漏らしてしまったものだからくるぶしまですっかり濡れていて、こらえきれなくなってその場で出してしまったんでしょうな。気の毒なことに、どうしようもなかったんですよ。ま、こういうわけですよ。金持ちのマダムでさえ一晩がかりだったんです。もしそこにいたのがあなたか私だったらどうなっていたと思いますか、リカルディーナさん。誰も来てくれないでしょうな、私たちのことなんて誰も心配なんてしてくれやしないんですよ。

ところが、マダムは相当ひどかった、パニックになったみたいでおかしくなってしまって、気絶するまで壁に頭を打ちつけたものだから、担架で運び出さないといけなかったんです。最初は死んでしまったかと思いましたが。救急隊が彼女を救急車で運んだのです。でも、今朝にはもう知らせがあって、命に別状はなく、骨一本折らずに済んだようです」

「それはよかったわ、ヴィソーゾさん、そう言って下さって安心しました。それじゃあ、階段の掃除があるので、また。もし私が乗っているエレベーターが止まったら、注意してすぐに気づいてくださいね」

「そんな災いは起こるはずありませんよ、リカルディーナさん、悪魔がいつも後ろについていているってわけじゃないですからね」

そして今、私は少し心臓をドキドキ言わせてこのエレベーターの中にいる。橋や地下鉄のほかにもエレベーターが怖くなった。

その上まだ、私に何かできたんじゃないだろうかと考えている。一晩中閉じ込められた女性のことが頭から離れない。どんなにつらかったろう、気の毒に。それに神様は汝の隣人を助けよ、とおっしゃる。その通りだ。

でも私って本当にバカだわ、まったく。何ひとつ私のせいじゃないのに、やれやれ。本当に何ひとつ。彼女が閉じ込められたのは、神様がそうなさりたかったからで、何かしらその理由があったはず。荷物を抱えたままの私に引き返してどうしろと言うのだろう。あり得ない話だ。

私の「隣人」を助けるべきだったかしら。でも、まずは自分の生活が先だ。それにあの人は私の「隣人」なんかじゃない。もしそうなら、私のアパートか私の地区に住んでいるでしょうに。

それならもちろん私は後戻りして助けていただろう。たとえ荷物を抱えて急いでいたとしても。

でも、その必要もないでしょうね。私の地区にはエレベーターなんてないのだから。

犬の夢

ルイザ・コスタ・ゴメス　木下眞穂 訳

ルイザ・コスタ・ゴメス　Luísa Costa Gomes

1954年にリスボンに生まれる。作家、脚本家、翻訳家、コラムニスト。"Ilusão (Ou o Que Quiserem)" でPENクラブ小説賞、フェルナンド・ナモーラ賞を受賞したほか、ポルトガル国内で多数の文学賞を受賞しており、ポルトガル現代文学界において重要な女性作家として位置づけられる。

はじめは犬がほしかった。それからやっぱりいらない、と。確かにそう言った。真夜中、友人たちに、犬はいらないと。犬を持つってことは監獄に入ることだと。最初に夢見た犬は、真っ白でおとなしかった。その姿は、薄桃色の感傷とかよわいものの美しさを訴えてきた。だからこそ、そんな思いをはじめに抱かせるからこそ、拒絶した。犬など必要ない。夢に見るのは休暇のこと。そして休暇に出かけた。旅先からはいつも留守をたのむ女性に電話してハーブの花壇にちゃんと水をやってくれているかと聞いた。かつての自分からすると、まさか種を蒔き、鉢の植え替えをしてバジルの成長の一部始終を気にかける、そういうことを楽しむ人間になろうとは思いもしなかった。庭を思って懐かしむなど思いもよらなかった。

ところがそのうち他人の犬が目に入るようになってきた。のんびり歩いて、おかしな眉毛をした従順そうな犬。小さくて、賢くて、飼い主をつないで引っ張っている犬。さらには、主のことなどお構いなしに道端で眠りこけている犬。とはいえ、犬は犬、人間ではない。生物種は別の生物種に生まれながらの嫌悪感があるというのが彼女の考えだ。犬の臭いがする犬、犬の臭いを嗅ぐ犬、毛が抜けて家具にへばりつくし、汚いよだれを思うと鳥肌が立った。ようするに、犬の夢なんて猫も杓子も出かけるカンクン観光旅行〔メキシコのカンクンは、ポルトガルでは最も一般的な欧州以外の観光旅行先〕を夢見るのと変わらないということだ。それに彼女はすでにカンクンには行った。ダイエットだって十キロ減に成功した。それなりに好きなように動きまわれる自由も得た。夢は叶えるものであり、順番にこなしていくものではないはずだ、と自分に問うた。わが身を振り返れば、とびぬけたところがあるでなし、夢のような特権階級に属するとか時代の寵児になるとかは、ついぞ起こらなかった。きょうび、カンクンなぞ誰でも行く。ダイエットもする。好きに動く。犬だって飼う。動物を家で飼いたい、それなら犬だろう。だが犬と会話するっていうのはどうだろう。通じ合う傍観者との内的な会話。その点において、犬は友人ということになる。しかし結局は、臭い、結局臭いの問題にいきつく。悪臭漂う橋を渡りながら、その臭いに気づかずに橋を渡れるか。イブとリンゴとの間に横たわる断絶、つまりは種と種の間にぱくりと開いた断絶を飛び越える。彼女は、自らが身を置く進化論の段階の隅にじっとひっこんでいた。だって、だめだったら？　よい飼い主になれなかったら？　犬を愛せなかったら？　もしくはその愛が義務的なものだったら？　自分に打ち克てず、別の種に属するいきものにきちんと仕えられなかったら？

子どもの頃は犬がいたのだ。一緒に寝て、たまにダニがいたって気にもせず、自分の口のそばに長い耳を感じ、動物くさい息をいい臭いとくんくん嗅いだ。立ち上がってテーブルの上に前脚をのせる犬に、エダムチーズの赤い皮をわけてやった。当時の犬はなんでも食べた。犬の生理学がどうのなどと言う人はだれもいなかった。ある日の午前、帰宅の途中〔ポルトガルの公立学校に通う小中学生は昼食を家で食べることが多い〕に、とつぜん肉を食べるなどもってのほかだという気がしてきた。なにか理由があったわけではない。そういうものは後づけだ。ただ赤い肉、腐りゆく動物の肉、そう考えるとまるで肥料ではないかと、気持ち悪くなったのだ。とはいえ、肉食をやめたりはしなかった。世間から変人と見られるのはまっぴらごめんだからだ。

休暇を過ごす土地は沼のきつい臭いが鼻についた。樹々は秋にむけて赤らむ準備をしていた。だが、その準備は自らのリズムにのっとったもので、ほかのだれのものでもない。感嘆のまなざしを惹きつける樹々、その植物的な魂が糧とするのは、ひと筋の光、ひと粒の雨水、それ以外にはなにもない。彼女は毎日同じ時間に自転車で通り、いつもの場所をいつも通りに曲がった。道に迷いたくないからだ。鹿を見かけることもあった。たまにネコ科の群れを見つけ、そういうときは夕食時にあれはなんという動物かとみんなで話しあったりした。ジープのタイヤに轢かれて道でぺたんこになった蛇も、一匹、二匹、見つけたこともある。

犬の可能性が二度目に立ち現われたが、それも二度目の拒絶にあった。とはいえ、今回の拒絶はいくぶん弱々しかった。死すべき運命への抵抗のような、いずれ犬の身体に現れる衰えの兆候への抵抗のような、そして同時にそんな兆候は回避できるのではないかと思いそうにもなる。すると今度は、人間性とは何かということで頭がいっぱいになる。自分はどちらをよしとするだろう。犬に食べ物を与えることか、犬を食すことか。彼女の内なる悲観主義者がこう答えずにはいられない。いちばん人間的なのは、犬に食べ物を与え、そのあとで犬を食すことだ、と。でないと、ほかの家畜には認められない特権が犬にはあることが露呈するではないか。

それでも、知らず知らず、彼女は天のお告げを待っていたのである。

「なぜなら雑草のような天啓という聖域があるからだ」

彼女を犬へと向かわせる何かを待っていたのだ。孤独感とか、玩具が必要な子どもがどこからともなく現れるとか。だが、天のお告げと呼べるようなサインは現れなかった。

それも、仲の良かった友人がとつぜん死ぬまでだった。とはいえ最後の数年間は心の中にしかいない存在で、薄れつつある父や兄のような存在となっていて会うこともなかったのだが、とはいえあんなにあっさりと姿を消してしまうとは思いもよらなかった。ぽかんとあいた空白を犬で埋めるなんて、そんなことはすべきでないと彼女は考えた。広い通りに出て、すでに姿はなかったもののそれが実際にいなくなるということについて考えていると、誰かにつけられている気がした。見ると、灰色で小ぶりの犬がそこにいた。むっつり顔でお座りをした格好のその犬は、人生に毟り取られたように片耳が折れていて、それにしては今にも飛びかかってきそうな様子が尋常でない気がして彼女は怖くなった。いやな犬だと思った。こんなふうにしつこく後をつけてきて、こっちを向いて相手をしろと今にも唸ってきそうだ。彼女は足を踏み鳴らして追い払った。すると犬は、彼女の向う脛にぴたりと身を寄せてきた。
数日が過ぎて、亡くした友を悼むという仕事も一段落し、野良犬はいなくなり、日常が戻った。週末、彼女はシントラの山間の公園を散歩していた。心はうつろ、バラの花びら色の霧に包まれて。あちらこちらをそぞろ歩き、並んで植わっている灌木の上に身を屈めて何という名だかどうにか知りたいと思いながら、その間にすら棘を隠し持つかもしれぬ異生物種と交流することに対する恐怖をうっすらと覚え、そしてあの犬と死んだ友のことを思い出し、とある一文が頭に浮かんできてしまうのだった。そんなはずはない、と必死でその一文を散らそうとするのだが、それはあの日つきまとってきた野良犬のようにしつこく浮かんできた。あの犬は死んだ親友の生まれ変わりだ、と。その確信が、彼女をとらえて離さなかった。あまりにグロテスクだと思えば思うほど、いやきっとそうだと思うのだった。

害虫が、あっけなくハーブ花壇を彼女から奪い去ってしまった。ミントとタイム、ローズマリーが裏のベランダで枯れてしまった。また見捨てられたような気に陥り、手には庭仕事用の手袋、頭には麦わら帽子という姿でハーブを食いつくす虫を想像していた。そして、後をつけてきたあの不愛想な犬にまた会いたいという気持ちと、涙なしに語れないこの符号を受け入れようという気持ちで、自分の意思に背きながら日々を過ごした。だからこそ、ふわふわの動物の幻想でもなければ、あの不細工なさまに負けたと認めるでもない、なにかしらあるはずだと強情に思い続けた。犬をもらい受けること、犬の夢、そしてこのふたつを拒絶する方法が。

こうして犬の夢は「犬の問題」となり、そのまま落ち着いた。というのも、たいていの場合とは反して「犬の問題」はそのまま育つことなく、重大にもならず、その他の何とか症候群の衣をまとうことにもならなかったからだ。それはそのまま、彼女がたまにふと考える事柄になった。噛まれたという狂暴な話とか、動物たちといつもいっしょに食卓につくとかいうおとなしい子の話を聞いたりして、犬にまつわる何かを見聞きしたときなどにたまに思い出すことになった。これと同じ難題が裏のベランダにも、ペンキを塗り直す必要があるリビングルームにも侵食していた。頭の中に忍び込む偽の害虫だ。犬のいる生活を想像してみると、ふたつのイメージが同時に浮かぶ。水際（波打ち際でも、川辺でも、人工湖でも）の散歩、そして脳半球の反対側に閃光のようによぎるのは、車内にこもる犬の臭い、クッションについた犬の毛、くしゃみ、アレルギー。犬を放して満潮の浜辺を自由に走り回らせることを思うと、とたんに愛するものを失う恐怖も思ってしまう。大勢の愛し愛されるものたちに囲まれて過ごす週末の水平線に溶けていく自分。それからすぐに、犬と一緒にベランダの隅っこ（屋外なんかではなく！）に座り、雨の午後をたのしむことを想像する。でも、少なくとも、お前はいい友だちでいてくれるだろう！　それで、もしも、無臭のベランダでのんびりと一緒に過ごしたその犬が、絆を結んだはずのその犬が、彼女に対して唸り、吠え、飛びかかって骨に届くまで噛みついてきたら？　そうしたらどうする？　平々凡々な人間らしく解毒剤をあおる決心をするか？　さらに、挙句の果てには信じがたくも、犬のふんを愛情を持って拾う自分の姿を思い描いて震え上がった。別種のいきものに仕えるこの仕事、そんなことほかの誰に対しても絶対にやらないのに！　だめだめ、犬の散歩なんて考えられない。

あるとき、保育器で眠りこける仔犬がいる店の前を通ったときに、衝動的にその子を引きとることにした。その後の六か月は、双方にとって苦難の日々だった。仔犬は自分に注意を向けるよう要求し、彼女もそれに懸命に応えようとした。夢の成就でもなければ悪夢でもなし、それまでの現実とは似ても似つかない辺獄で暮らしたのだった。なんとか共同生活を成り立たせる手はないものかと、あれこれ懸命に試した。彼女と犬の間にあるのは、偏在する、名づけようのない、どちらの意識の内でも勝利の歌をうたう、種の障壁だった。仔犬は、彼女とはちがい決断する勇気を持ち合わせていて、粗暴になった。最初は逃げた。捕らえられて、彼女の手を嚙んだ。一度目はふざけて、二度目は本気で。そしてまた逃げたときには、ここで否定してもせんないだろう、どちらの側にも安堵の念があった。

夜、近所の犬たちが吠えるのが聞こえる。そういうときには、自分がその家の人間になりたいと思う、なんて嘘だ。彼女が愛しているのは自分であり、あの夢についても、夢を非現実的なものにした慈悲深い衝動についても、彼女はおのれを赦したのであった。

定理

エルベルト・エルデル

後藤恵 訳

エルベルト・エルデル　Herberto Helder

1930年にポルトガルのフンシャルに生まれる。20世紀後半の最大のポルトガルの詩人と評される。本短編が収録されている *Os Passos em Volta*（1963）は次世代へと伝えるべき本とされている。1994年にポルトガルで最も名誉ある賞のひとつであるペソーア賞を受賞した。2015年にカスカイスの自宅で死去。

残酷王ペドロ〔一三二〇－一三六七（在位五七－六七）。ペドロとその愛人イネスの関係はポルトガル史上最も純粋な愛として伝説化されている〕は市が建てたサ・ダ・バンデイラ侯爵像〔一七九五－一八七六。十九世紀に活躍した軍人、政治家。ポルトガル各地に彫像がある〕が目を引く広場に面する窓にいる。無垢で暴力的な狂った王だが私は好きだ。私は後ろ手に縛られ跪かされてはいるが、真直ぐ顔を上げ左を向き、憐れな我が王のその陰鬱で荒々しい顔を見る。王がいる窓の下には、もう一つ窓があり、マヌエル様式の、時の流れをものともしない繊細な石造物であるそれは、まるで聖遺物のようだ。ペドロ王は兵士によって閉鎖された広場をぼんやりと眺める。窓枠や壁龕に過度な装飾が施されたセミナリオ付属の奇怪な教会や侯爵像の頭や腕にとまっている鳩を一瞬凝視したかと思えば、下方で兵士に囲まれ跪いている私へと視線を移す。その眼差しには親愛の情がこもっている。王のお気に入りの愛人だったイネス殺害により有罪判決が私に下された。これに対し、私が愛国者だと異議を申し立て擁護しようとする人も現れた。カスティーリャの勢力からこの国を救おうとしたのだと。ばかげている。私はこの国に興味はない。彼女を殺したのは王の愛を守ろうとしたからで、そのことはペドロ王も知っている。王が冗談を口にすると、みなそれを笑う。

「そのコエーリョをさばけ、腹がすいておるのだ」

王は私の姓コエーリョがウサギを意味することにかこつけた洒落を言う。

この我々の作品のために、このお方がどれほどの労をお取りくださったことか！　松明と賛美歌の中を民衆に愛人の遺体を担がせ、国の端から端まで運ばせてくださったのだ。通り過ぎた都市や町、小さな集落では、その不気味な見世物にわいたのだった。

私は立ち上がり王に感謝の意を述べるよう命じられ、建物を前にして立ちあがる。一階の「理髪店ヴィディガル」の看板や私の処刑に立ち会おうと店先に出て来た金色の口ひげをたくわえた理容師が目に入る。マヌエル様式の窓と横の二つの建物の間に挟まれるように王の姿も見える。

「陛下」私は続けて述べる。「私に死をお与えくださり感謝致します。私からは陛下にイネスさまの死を捧げます。陛下の愛を救うには必要でした」

「よかろう」王は答える。「その者の心臓を背中からえぐり出し、余の元に持ってまいれ」

せわしなく動き回る刑吏たちの足元に私は再び跪く。群衆の無邪気で興奮した声が耳に届く。背中のどこに短刀を突き刺すのかが決められ、私の体に震えがはしる。短刀が私の肉に突き刺さり、何本かの肋骨を切断した。上部から下部に一撃を受け、体に沿って冷たい切り傷が入る――刑吏の両手に私の心臓があるのが目に飛び込んでくる。私の頭のあたりで王の召使のひとりが艶消しの銀の盆を持って待機し、そこに湯気が立つ私の心臓が置かれる。群衆が叫び喝采する。一瞬、勝利の内なる輝きが光るものの、ただペドロ王だけが陰鬱な表情をしている。いかにすべてがつながっているか、物事が互いに補完しあうのはいかに必要なのかを私は理解している。怖くはない。自分は暗殺者で、この国はカトリックだから、地獄に落ちることもわかっている。その愛を愛するゆえに私は殺した。これこそが悪魔的精神のなせるものだ。王も愛人のイネスも地獄に落ちる宿命だ。ただ王妃のコンスタンサのみが天国に召されるのである。彼女が取るに足らない女で、頭が悪く、あらゆる侮辱を赦すことができたことを考えれば当然である。私はこの王妃が嫌いだ。

召使があたかも血まみれの軟体動物のような私の心臓を盆の上にのせて階段を上る。ペドロ王が振り返ると盆が窓の下枠のそばに置かれる。王は微笑み、右手に心臓をつかんで群衆に見せる。その指の間から手首にかけては血がしたたっている。拍手喝采が起きる。我々は純真無垢で野蛮な民であり、そういう民の上に立つことには重い責任が伴う。王は幸いその任に耐えうることができ、我々国民の混乱し、信心深いながらもあまりにも俗物的な心を理解している。我々国民が信じているものは多くある。戦争や正義、残虐さや愛、そして永遠。みなどうかしている。

私は顔の右側を下にして石畳の上に倒れた。目玉を動かすと屋根の上に広がる真っ青な空の一片が見える。一羽の鳩がマヌエル様式の窓の前を飛んでいく。一台の自動車のクラクションが大気に感傷的に響き渡る。今は六月はじめ、まだ春だ。大地は活力に満ちている。大地は永遠である。周囲では卑猥な言葉が飛び交う。ある人は私のペニスを切ったらどうかと言い出した。召使が王に許可を求めるも、それは拒否される。

「心臓だけだ」王は再び心臓を掲げると、それを激しくかみ砕く。群衆は興奮して王に拍手喝采し、私を殺人者だ、犬だと呼び、私の魂を悪魔に突き出す。できることならこの野蛮で純真無垢な人々のすこぶる乱暴な言葉に感謝したいものだが。

一筋の血がペドロ王の顎からしたたり落ち、顎骨がゆっくりと動く。王は私の心臓を食べる。白いガウンを纏い金色の口ひげを生やした理髪師は店から出て、今や広場の中央で、愛と永遠を知り尽くした私の心臓をペドロ王が食べる様子を眺めている。花崗岩の台座にいる緑青に覆われた植民地主義者のサ・ダ・バンディラ侯爵はこれら一切に見向きもしない。鳩がその周りを飛び交い、侯爵の肩や頭にとまり、糞を上から落とす。ペドロ王は群衆に罪と裁きの言葉を述べ、立ち去る。群衆は王にまたも拍手喝采すると各々に散らばって行き、兵士たちも解散する。そして、私だけが迫りくる夜に向き合うためだけにその場に居続ける。今宵は私たち、つまりは王と私のためだけにある。我々は思いを巡らす。王も私も私たちの罪と永遠への愛を犠牲にして、ともに賢者となった。王はこの先どの臥所にても眠れぬ夜を過ごすことだろう、私が手にかけたあの女を永遠に愛することがわかっているがゆえに。心の火花はおそらくそれだけではとどまらない。王の体は、内なる炎の力で次第に縮み、情熱の苦しみは、生涯を通じてじわじわ純度を高めながら深部へと拡がっていくだろう。私もまた、自らの死の中でだんだんと成長し、私の心臓を食べた王の内部でだんだん大きくなるだろう。イネス王妃はわれらの魂を支配した。彼女は肉体というまゆから解き放たれ、光と炎、そして生ける源となる。人々の声となり、いたるところに入り込む。その死ほど清らかなものは何もない。地獄の坩堝の中で我々三人は永遠に澄んだままであり続け、民はただ脈々と養分として我ら三人を受け入れるのだ。誰も同情しないように。そして神はここには呼ばれやしない。

川辺の寡婦

ジョゼ・ルイス・ペイショット　木下眞穂 訳

ジョゼ・ルイス・ペイショット　José Luís Peixoto

1974年にポルトガルのガルヴェイアスに生まれる。2001年に長編第一作 “Nenhum Olhar” がジョゼ・サラマーゴ文芸賞を受賞したことから、一躍ポルトガルを代表する作家となる。“Galvias” でポルトガル語圏で最大の文芸賞のひとつであるオセアノス賞を2016年に受賞。その邦訳『ガルヴェイアスの犬』（木下眞穂訳、新潮クレスト・ブックス、2018）は第5回日本翻訳大賞（2019）を受賞した。

わたしは川辺に腰をおろしています。神さまは隣に座っておられます。わたしは草の上に腰をおろしています。川辺から寄せてきてささめく水に、わたしは手を伸ばして触れます。指をもぐらせてみますと、その水は冷たいのです。ささめく水の安らかな言葉にわたしは耳を傾けます。神さまは、きらきら光る点でもって、川のすべてに触れられます。

川の身体はゆるやかに動くのです。川の身体、それはすべて水でできています。川はいつまでも若いのです。幾世紀でも流れていられます。永遠に、流れ続けていられるのです。川はいつまでも若いのです。四十年前も、川は今と少しも変わらず同じ姿をしておりました。わたしは違います。あのとき、神さまは隣に座っておられませんでした。四十年前の朝のことでした。水面は、今と同じく光の点がきらめいておりました。川の身体もゆるやかに動いておりました。光の点は、ゆったりと波打つ水の間に姿を見せたり隠したりしておりました。ここには古木が一本あり、陽の光はその枝葉を抜け、水に潜り、水を貫きました。清らかな水でした。今も、わたしの目の前の水は清らかです。わたしと神さまは、水を見つめながら考えます。わたしたちの眼差しも水に潜り、水を貫きます。古木の枝葉を抜けた、かつての陽の光と同じく。神さまは、わたしが何を考えているかをご存知です。わたしは、川が語りかけてきたことについて考えているのです。四十年前のあの朝、わたしには理解できなかったことを。わたしの髪は黒く長かったのです。わたしの瞳は理解していませんでした。あれは朝のことでした。お母さまにはこう言われました。行ってもよろしい、と。お母さまの黒い服、お母さまの身体、お母さまの顔。行ってもよろしい。かつて、お母さまに問うたときのわたしの声は細く脆いものでした。四十年前、わたしの声は少女の声でした。その後は、お母さまの声、お母さまの黒い服、お母さまの顔。行ってもよろしい。四十年前、あれは朝のことで、わたしはここに腰をおろしておりました。川は若かったのです。古木が一本、ありました。

神さまはわたしのことをご存知ではありませんでした。

あのひとはここに来て、その手でわたしの肩に触れました。振り返ると、そこには見たこともないほど美しい顔がありました。あのひとはわたしに訊ねました、座ってもよいだろうか、と。四十年前、わたしが少女だったことも、この川と花壇と、枠が黄色く塗られた白い家ばかりのこの村がわたしの世界のすべてなのだということも、神さまがご存じなかったとき、ひとりの青年がやってきて隣に座ってもよいかとわたしに訊ねました。わたしは草の上に腰をおろしておりました。あれは朝のことでした。古木が一本、ありました。わたしたちは言葉を交わしませんでした。今のわたしと神さまと同じように、川を眺めておりました。わたしは川を眺め、隣にいる青年の存在を感じ、ほとんど聞こえないその息遣い、言葉を理解できない水を、感じていたのです。初めて会ったその日、わたしたちは言葉を交わしませんでした。わたしたちは知り合ったのです。互いに、存在することを知ったのです。空も存在していました。川も、また。わたしたちがふと見上げると、空はどこまでも続いておりました。川とは、おそらく、流れていく人生なのでしょう。初めて会ったその日、川とは、おそらく、流れていく人生なのだろうと思ったのです。わたしたちは隣り合い、腰をおろしておりました。川はその朝を連れて流れていきました。わたしは立ち上がり、その場を去りました。あのひとは残りました。わたしたちは言葉を交わしませんでした。立ち去りながら、土に沈むわたしの足。わたしの上にのる、あのひとのまなざしの重み。

家では、黒い服のお母さまが手伝いの女たちにお茶を持ってくるよう命じていました。手伝いの女たちはわたしとお母さまが午後の時間をずっと過ごす部屋を出たり入ったりしておりました。お母さまの声を聞くのは手伝いの女たちに何かを告げるときだけでした。お父さまが亡くなってから、お母さまの声は鉄でできておりました。けれどわたしは、居間に座っていて、太陽がカーテン越しに入ってきていて、口には出さなくとも、さっきまで見つめていたあの顔のことを考えていたのです。わたしの中では、わたしの沈黙の中では、あの顔こそが、光を欲する朝に差し込む光、乾いた喉を潤す水、そして朝がどこにあろうとも冷たい水が流れる小川でした。だから、わたしは座ってレースを編んでおりました。彼の姿がわたしの中でゆっくりと熱を帯びてきました。日食のように。太陽のごとく輝く顔のように。ときどき、編針とレース糸をからめた指とをひたと見つめているだけのときがあり、ときどき、糸が形作るものがあのひとの顔になることもありました。手伝いの女たちは部屋を出たり入ったりしておりました。お母さまは変わらず座っておりました。お母さまは黒い服を着ていました。お母さまの声は鉄でできておりました。

ある日、あれは夕暮れ時のことでした。わたしは自分の部屋におりました。窓ガラスの後ろに座り、二枚の扉は開いていました。わたしは、男たちが馬を牽いて中庭を通り、それから片手に藁、片手に水が入った桶を持ってまた中庭を通るのを眺めておりました。馬たちと、世話をする男たちとを眺めていたのです。窓ガラスの内側におり、カーテンに頬を柔らかく撫でられながら中庭を眺めていましたが、目の前にあるガラスに視線を移すとわたしの姿が映っておりました。わたしがガラスの自分の顔を見ていると中庭の様子はぼやけ、そのわたしの顔をだれかがゆっくりと通っていきました。ふたたびわたしの視線がガラスを通り抜けると、中庭を通るあのひとがいたのです。馬の世話をする男たちのひとりに近づき、話しかけていました。遠くから見るあのひとの身体とあのひとの顔。あのひとが何を話しているか聞こえなくてもよいのです。仕草のひとつひとつを胸に刻んでおくつもりでした。男と離れると、あのひとはわたしのほうを見ました。

お母さまが居間に座り、待つ日々が過ぎていきました。わたしは夢想していたのです。レースを編みました。時が過ぎて、ある朝、もう一度お母さまに頼みました。もう一度、少女の声で。もう一度、お母さまは言いました。お母さまの服は黒く、声は鉄でできておりました。行ってもよろしい。お母さまは知らなかったのです、想像することもなかったのです。お母さまは言いました。行ってもよろしい。お母さまは知らなかったのです、想像することもなかったのです。お母さまは言いました。行ってもよろしい。わたしはゆっくりと立ち上がりました。ほんとうは飛び出したかったのですが。のんびりとした足取りで廊下を歩き、中庭を通りました。ほんとうは走り出したかったのですが。川辺に行き、古木の下に腰をおろしました。待っている数分の間、あのひとは来ないのではと思い、来ないことを想像しながら待ちました。川は、相変わらず美しいものを抱えて大移動を続けておりました。なかには子どもの水もいて、ときどきわたしの足元までやってきては、まだわたしには理解できない繊細な言葉を話しました。まだわたしには理解できない嘆きと涙。肩に触れる手を感じました。振り向くとそこには太陽の顔があったのです。座ってもいいだろうかと、あのひとは訊ねました。互いの存在を感じながらわたしたちは座っていました。川はわたしたちの存在を感じていました。わたしのまなざしは川に向けられておりました。そよ風が吹いて水を運んできました、水の冷たさを運んできました。わたしは、首筋に触れる指を感じました。頬に、髪に触れる指。あのひとのほうを向きました。その顔が近づいてきました。その唇がゆっくりと近づいてきました。

家で、居間で、わたしは座っておりました。お母さまはわたしを見て立ち上がりました。廊下を歩くお母さまの足音が聞こえ、声が聞こえ、手伝いの女のひとりの声が聞こえてきました。お母さまが居間に入ってきました。両の瞳は燃えたぎっておりました。わたしの腕を強くつかみ、あの若者とおまえが会うことは二度とないと言いました。腕をきつくつかみ、あの若者とお前が会うことは二度とないと言いました。その言葉の意味がつながるまで一瞬の間がありました。お母さまは手伝いの女をひとり呼び、命じました。何を見たのかをお言い。手伝いの女は目を伏せて、消え入りそうな声で言いました。村の若者が川辺でお嬢さんに口づけるのを見ました。お母さまはもう一度腕をきつくつかみ、言いました。あの若者とおまえが会うことは二度とない。わたしは失礼しますと告げ、立ち上がると自分の部屋に行きました。

窓の向こうを見ると、馬たちが中庭を通って行きました。窓に映るわたしの顔は悲しげでした。わたしは目を閉じました。この指が彼の唇であるかのように、それが口づけをするかのように、自分の唇に触れました。ベッドの上で小さな鞄を開きました。服を数枚、たたんで入れました。廊下ではひとつの音も立てませんでした。ドアを開けるときも、ひとつの音も立てませんでした。屋敷の壁を覆う蔦の葉に背をつけ、中庭を抜けていきました。川辺の、古木の下に腰をおろしました。鞄は横に置きました。あの瞬間、わたしがいたところに神さまはおられませんでした。わたしは待ちました。わたしたちが初めて出会ったときと同じ速さで川は流れておりました。今のわたしの眼下、神の眼下で流れる速さと同じです。わたしは待ちました。ときどき周囲を見回しました。そうすればあのひとを急かすことができるかもしれないと思って。山の斜面に建つ村の家々を見ていました。その屋根を見ていました。花たちがゆっくりと動くのを見て、そこからそよ風が生まれていくのを見ました。待っていると、藁をいっぱい抱えていたり、馬のための水のバケツを下げたりしながらいつも中庭を通るふたりの男が見えました。男たちはまっすぐわたしに向かって歩いてきました。だんだん近づいてきます。ひとりがわたしの片腕をつかみ、もうひとりがもう片方の腕をつかみました。男たちの手は、分厚く粗野でした。

台所で働く女たちは両手を膝に置き、わたしを見ておりました。男たちのひとりがわたしの鞄を床に落としました。床に当たった鞄は開いて、きれいにたたんだ服が台所の床に散らばりました。廊下には、お母さまが立っていました。その黒い服。その瞳は燃えたぎっておりました。その声は鉄でできておりました。わたしを見つめたまま、お母さまは男たちに言いました。連れておゆき。男たちの手の中でわたしの身体は力をうしないました。それまで足を踏み入れたことのない部屋に連れて行かれました。家の裏にある部屋です。いつも鍵がかかっていたその部屋のことを幼いときに訊ねましたが、お母さまはこう言いました。あの部屋に入ってはなりません。窓からは川が見え、川辺が見え、遠くにはあの古木がとても小さく見えました。男たちはわたしの片方のくるぶしをつかんで鉄の足かせをつけました。足かせには鎖がついていて、鎖は壁に固定され、壁の中にしっかりと入り込んでいました。男たちはドアを閉めて出ていきました。わたしは床に横たわったままでした。そろりそろりと起き上がりました。窓辺に行きました。木の床に当たる鎖の重みを引きずりながら。遠くにあるのは、あの古木、そして川。あのひとはそこにいました。座っていました。川はその永遠の道をたどっていました。なにものも川を止めることはできません。

何日も経ちました。手伝いの女たちは部屋に入ってきては盆に載せた食べ物を床に置きました。わたしはほとんど口にしませんでした。衣装だんすの鏡に映ったわたしは痩せて、暗く沈んだ目をしていました。力があるときには窓辺で時を過ごしました。遠くにいる彼を見ました。朝、あの古木の下に座る彼を見ました。何日も経ちました。季節が幾度も交代しました。雨が川の水面に落ちました。ときどき、お母さまが手伝いの女をひとりかふたり引き連れて部屋にやってきました。洗濯をし、アイロンをかけた服をわたしに着せました。鎖をほどき、わたしを居間に連れて行きました。お母さまと一緒に座りながら、わたしたちは待っているのだとわかっておりました。ひとりの男がほほえみながらやってきました。男はわたしを見ませんでした。お母さまもほほえんでいました。お母さまはわたしの名を男に告げましたが、わたしは男を見ませんでした。男はわたしに話しかけましたが、わたしは答えず、その声も聞かず、男を見ようともしませんでした。お母さまはいらいらしはじめました。ほほえむのをやめました。男もほほえんではおらず、こう言いました。お気になさらず。お母さまはわたしに代わり男に謝りました。それからふたたびわたしはあの部屋に連れて行かれ、ふたたび壁につながれました。こういうことが何度もありました。

何年も経ちました。古木の下で、あのひとは年を取っていきました。朝、ひとりであそこに座り川をずっと見ていて、わたしはあのひとをずっと見ていました。あまりに遠い。手伝いの女たちも年を取りました。お母さまも年を取りました。私も年を取りました。わたしに会いにくる男たちはいなくなりました。洗ってアイロンをかけてある服を着せられることはなく、居間に連れて行かれることもなくなりました。この部屋は初めてわたしが入ったときと変わらないままでした。週に一度、女たちがシーツを替えるので、一週間が経ったことを知りました。わたしは変わらず窓辺であまりに遠くにいる、少しずつ年を取っていく、あのひとを見ました。少しずつ老いていくあのひとの姿。ゆっくりと老いていくその仕草。夜になると何もかもが悲しく思えました。川も夜になりました。村の家はどこも明かりが灯されませんでした。ベッドに上る力もなく、わたしは床で眠りました。朝になると身体が痛みましたが、自分の身体などどうでもよかったのです。

ある朝、あのひとは古木の下に座りませんでした。その朝は、それまでの数年よりも時の経つのが遅く感じられました。いつもであれば目覚めると、あの人が遠くに見えるだろう、その輪郭が川に縁取られているあのひとの姿があるだろうとわかっていました。古木の下にあいた空間をその朝はずっと見ていました。あのひとはそこにはおらず、彼の不在がそこにありました。川も、木も、村の家も、あのひとの不在を感じておりました。それからはどの朝にも彼が古木の下に座ることはありませんでした。空を見上げても、空も、小鳥たちも、何が起きたのか知らないようでした。わたしの希望が息絶えたのは、男がふたり、斧を手にやってきて、古木を切ったときです。男たちは腕を振りかぶり、斧が空を切り、あの木の古い幹に突き刺さりました。わたしの身体に刃を立て、肉を切り骨を断つように。それからあのひとが古木の下に座ることは二度とありませんでした。あのひとが川辺に座ることは二度とありませんでした。

わたしの両腕から皮膚が垂れ下がりました。髪は灰色の糸となりました。両手は形を失いました。床に座り、壁にもたれて何日も過ごしました。どこを見ているのか自分でもわかりませんでした。呆然と過ごした数知れぬ午後、いつのときだったのか神さまが部屋に入ってこられました。わたしが脚を動かすと鎖も動きました。神さまはわたしの隣に座りました。悲しい目をしておられました。神さまがわたしの両手を取り、ふたりで泣きました。

わたしはたいそう年を取りました。あのひとと川辺で会った日から四十年が過ぎ、四十年がわたしの人生の上にのりました。手伝いの女たちがふたり、部屋のドアを開けて立ち止まってわたしを見つめていたとき、わたしはたいそう年を取っておりました。ふたりはわたしの鎖を外し、わたしの身体をたらいの湯で洗い、清潔にして、黒い衣服を渡してきました。お母さまが着ていたのと同じ服。それはお母さまの服でした。わたしは手を引かれ、お母さまの部屋まで連れて行かれました。目を閉じ、両手を重ねて胸の上に置き、お母さまは死んでいました。

数時間、ひとりで部屋に座ってお母さまの顔を見ていました。それから、お母さまは棺に入れられて墓地へと運ばれました。道すがら、行き交う人々は歩みを止めました。わたしは棺の隣を歩きました。数人の手伝いの者たちを除いては、墓地に向かうお母さまに付き添うのはわたしひとりでした。お母さまを土で覆いました。スコップいっぱいの土を、お母さまの上に放り投げました。わたしは手伝いの者たちを見ていたのに、だれもわたしのほうを見ようとしませんでした。わたしに背を向け、出口へと向かいました。わたしも村に帰りました。川辺に行って、腰をおろしました。古木があった場所に座りました。

今、わたしは川辺に腰をおろし、神さまは隣に座っておられます。四十年前の朝のことでした。四十年前も、川は今と少しも変わらず同じ姿をしておりました。わたしは年を取りました。神さまもまた、年を取っています。わたしたちは一緒に座り、考えています。時のほうが軽いのです。わたしも、神も、何も待ってはいません。指をもぐらせてみますと、その水は冷たいのです。ささめく水の安らかな言葉にわたしは耳を傾けます。神さまは、きらきら光る点でもって、川のすべてに触れられます。わたしの髪の毛は、もう長くもなく黒くもありません。わたしの皮膚は肉から離れています。もし、わたしが口を開いて何かを言えば、その声は鉄でできていることでしょう。

東京は地球より遠く

リカルド・アドルフォ

木下眞穂 訳

リカルド・アドルフォ　Ricardo Adolfo

1974年にアンゴラに生まれる。リスボン郊外の町で育ち、マカオ、アムステルダム、ロンドンを経て2012年から東京に在住。社会の周縁で生きる人々を軽妙な語り口で描くその作風を評して、アントニオ・ロボ・アントゥネスは新聞の特集で「21世紀の顔」としてアドルフォを選出している。広告界と映画界でも活躍し、多彩な顔を持つ。

サラリー男のサラリー

ぼくの妻は日本人で、ぼくがそうではないことを忌み嫌っている。ぼくが日本人であったことはないし、これからもならない。ぼくの遺伝子を変えるなどという考えをどこで妻が拾ってきたのかは知らない。よく女性は新婚時代には夢見がちになったりするが、あれの最たるものってことかもしれない。とはいえ、この素っ頓狂な野心もあながち的外れというわけでもない。実際、妻のためにぼくはものすごい変化を遂げた。滴る汗にすら醤油の匂いがしみついているほどだ。雄たるものは、出自によって独特の匂いを発するものなのだ。ここに着いた当初、飲んできたのかとよく聞かれたものだ。あれはこの身体をめぐる血に流れるワインの芳香のせいに違いない。

いまの妻と恋仲になったときから、妻はぼくに非エイリアン化を強制してきた。まずは日本語。しゃべれるようになるまでは、勉強、勉強、また勉強。一刻の休息も許されなかった。お次は洋服の整理だ。黒っぽいスーツと白シャツ以外は何も残してもらえなかった。いまじゃ、地元民みたいな恰好で出勤しないと自分でも落ち着かない。仕立ての安い黒っぽいスーツと、それに似合う白シャツ。

ぼくと妻との財政的結びつきというのはデリケートな問題で、今日はそこで下手を打った。ちょっとぶらっとしてこようかなというぼくに、妻はスーパーの買い物リストを押しつけ、先週の小遣いはいくら余っているかと訊いてきた（この島の一般的な一家の主よろしく、ぼくも毎週日曜日に五千円を手渡してもらうのである）。この大金で、月曜から金曜までの昼食代およびその他の出費を捻出せねばならない。コーヒー、煙草、新聞、その週の憂さ晴らしをしようと金曜夜に職場の同僚たちに誘われれば一杯、もしくは十杯のビール代なども込みだ。めったに誘われもしないので、小遣いはだいたい水曜日くらい、うまくいけば木曜日まではもつ。切れたら、へそくりから捻出する（ぼくには、つい自分でもその存在を忘れてしまう銀行口座があるのだ）。靴紐を結ぶのに気を取られて即答しなかったのだが、彼女に念を押されて、なんとなくこれを言っちゃまずい気がするとは思いながらも、黄金と自分の頭を同じ盆に載せて敵に渡してしまった。昨日おろしたばかりだから足りると思う、と。すると彼女は怒りという怒りをすべて召喚して俺にぶつけてきた。でもって、とうとう、そこらへんの不良夫たちと同じく、俺が第二の口座にサラリーの二〇パーセントを分けて振り込んでもらうように会社に頼んであるということを突き止めた。第二の口座とは、家庭の資産を悪徳、無益、乱痴気につぎ込ませる愛人のための口座なのだ。しかも、こんな反倫理的なことを会社ぐるみで推奨しているんだからな。入社初日に、男性社員は銀行口座情報を書き入れる用紙を会社から手渡される。その裏面には、二つめの口座情報を書き入れることもできるようになっているのだ。誰も、何も、聞かない。それで、奥さんにいまのサラリーはいくらかと訊かれたら、みんな同じ答えを返す。だから、奥さん方が寄り集まってショッピングかなんかに出かけて、互いの夫のサラリーに話が及んだとしても、心配無用だ。

靴紐を結び終えたぼくは、立ち上がって彼女に言った。
だってここの男たちは、みんなそうやってんじゃん
あんたはここの男じゃないでしょ
ここの男たちみたいになれっていつも言ってるのはそっちじゃん、そんなんじゃ恥ずかしいよって、エイリアンぽく見られないためにみんなの真似しなきゃって
あんたはずっとエイリアンなの
もっとひでえやつだっていっぱいいるだろ
だってそんなのと結婚したわけじゃないもん

海への扉

翻訳者の免状をもらえた日、お祝いをしに行こうと思った。免状のおかげで、ぼくは特別なエイリアンのグループに昇格したのだ。別にエリート集団に加わったってわけじゃないが、ある特殊能力が備わっている集団ということは事実だ。つまり、島民たちが大陸人たちに伝えたがっていることを解読して、ふたたび分類化することができるということだ。

鉄道会社のツアーのありとあらゆるパンフレットを検証して、切符、宿泊、朝食、夕食つきでお得ですと謳いながらもこの宇宙のほかの場所であればぼったくりだとしか思えない金額を支払って、ぼくは真鶴に行くことに決めた。偉業を成し遂げた自分をゴージャスにもてなしてやろう、それには海だなと思ったのだ。今、こうして振り返ってみると、われながら大げさだったと思わないでもない。この島にだって翻訳者はごまんといるのだし、その中には天才どころか、優秀とすらいえないやつらだっているのも知っている。

自分への褒美は高くついた。ここでは旅行などをするのはたいてい貧乏人で、クレジットの後払いで計画する。それか、金に余裕のあるやつらが、それを見せびらかすために、あるいは誰かに休暇はどうだったなんて聞かれたときのためにするもんなんだ。正直なところ、では自分はどうだったかと言うと、地元民たちの誇りである新幹線の座席におさまったときには、そりゃもういい気分だったね。

海辺の町につき、ぼくはまっすぐ海へと向かった。これまで島の縁《へり》に行ったことがなかったので、これ以上自分の無知蒙昧を増幅させまいと思っていた。着いたところの海辺は、大陸の海辺ほどいいところではなかった。砂浜のかわりに、砂利のカーペットが敷かれているみたいだったが、それでも海は海だ。それでぼくには十分だった。

砂利の上に鞄を置いて、脱いだ服をたたみ、あらかじめ服の下に着ていた水着姿になって波をかき分けたところで、沿岸警備隊につかまった。波が砕け散る中でぼくの最高の瞬間は、海は閉まっていますというお叱りで露と消えた。最初は何を言われているかわからなかった。訛りのせいかと思ったけれど、それにしても、自分の能力を総動員しても何を言われているかわからない。海は閉まっています？　何かもっと創造的な翻訳をしなけりゃならないんだろうか。このままここにいても濡れるだけだから、ちょっと波から離れたところに行きませんか、と言ってみた。役人はぼくの意見を受け入れ、もう一度、海は閉まっています、次の海水浴のシーズンまで待ってください、と言った。ぼくがそれはどういう意味かと訊ねると、つまり海は閉まっているのだという答えだった。つまりさっきと同じ答えだ。誰も、海には入ることも出ることもできないと。周りを見ても遮断機もないし、巨大な錠がかかっているわけでもなさそうだし。何もない。ぼくの免状は、ひょっとしたら何かの間違いだったのかもと、うっすら不安になってきた。それと同時に、きちんと理解しているはずだという結論にも達していた。免状は、やはり正しいはずだ。

試しに、もう一度訊いてみた。海に入るのに何か障害があるか、「担当者の休息のために閉鎖する」とかいう警告が貼ってある扉があるか。海そのものが怒りを表していたり、誰かが海に入るのになにか障壁があるのだったりもしないのに、なんでこの人たちは海が閉まっていると言い張るのか？　海開きは一五日です、と言われた。海洋なんとか省とか島民たちとかが海辺での活動にふさわしい条件がそろうと認めた日らしい。

警官たちの様子を見ても、ぼくがエイリアンだからとおちょくっているようには見えなかった。海はいつでも両脚を広げて、誰でもおいで、年中無休よ、というわけではないらしい。海に飛び込む瞬間を邪魔されたというこの気持ちを通訳するのはあきらめて、海が閉まっていても入ったらどうなりますかと訊ねてみた。すると向こうが理解不能という顔をした。やっちゃだめだと言われていることをやる人間がどこにいる？

やっちゃだめだと言われていることをやってみたいという欲望に対する処遇について考えあぐねている彼らをしり目に、ぼくは走り出した。海と同じくらい大きな口で笑い、海の透明な扉に顔を打ち付ける気満々で。

ナビゲーション放送

なんでぼくがサラリー男なんかになって、ちまちまと翻訳なんてしながら生計を立てるようになったかというと、あのときのパニックのせいだ。あの日は、あまりの恐怖で、その後数年間で覚えたよりもずっと多い日本語がいっぺんに頭に入ったもんだ。恐怖というのは、ぼくにとってはつねによき教師なのだ。あれは恐ろしく暑い午後のことだった。屋外スピーカーから流れる声が放射能よろしくぼくの部屋に入りこんできた。この島ではいたるところに屋外スピーカーが建っている。この惑星でいちばん交通量が多い交差点から、これで便器が入るのかよってくらいに狭い便所まで、全国津々浦々、公共放送システムにつながっていやがる。黄金時代の東ドイツみたいなもんだ。これがまた、曇りの日の日陰みたいに、控えめながら超絶役立つ代物だ。

とうとうおいでなすった、と思ったね。なにしろ、ぼくは地震とか津波とか火山噴火とかを考えるだけで呼吸が浅くなるタイプなんだ。何をどうしたところでぼくを取り囲むこの世界は、いつ何時崩壊してもおかしくない。これは確かなことで、それはもういつだって肌身に感じてる。だから、ロボット風の女性の声が流れてきた瞬間に、もうぼくはパニックに陥った。その女の声は、間合いをあけながらゆっくりと何かのメッセージを繰り返し繰り返し伝えていた。伝えるべきことを伝えねばと思ってか、一つ文を言い終えるとすぐさま、今度はさらにゆっくりと、同じ言葉を繰り返す。恐怖がさーっと背筋を走ると同時に、ぼくは確信した。世界の終焉が近づいている、と。どんな自己防衛も無駄、外に飛び出して誰であろうと別れの言葉を告げるのも意味がない、なぜってこの悲劇は、純粋な共産主義のごとく、あまねく行き渡るはずだからだ。悲劇のほうからすれば、人間なんて、どいつもこいつもみんな同じなんだから。

がちがちに固まった筋肉がようやく歩けるくらいにはほぐれるや、ぼくは非常用袋とヘルメットと懐中電灯をひっつかんでよろよろと外に出た。外に出て、なんとか駐車場まで行くあいだじゅう、あの女の声が響き渡っていた。そういうもんだろう。世界の終焉を告げる声はひとつだろうし、それが黙ることもないはずだ。

駐車場までたどり着くと、隅にしゃがみこみそのままでいた。島民たちは粛々とそれぞれの避難所に向かって歩いていた。それですべて説明がつく。そこには食料もあれば、気を紛らわすこともできて、ワイファイなんかもあるんだろうな。

もしこのぼくにも友だちがいれば、そのドアを叩いて助けを求められたのにとつくづく思った。そいつがうまいこと外国語を話せたりすれば、自分らがどう抹殺される予定なのかを説明してくれただろう。それを知ったところで得られる喜びなんて病的だ。実は何も得られない。だとしても、少なくとも、最期に目を閉じるときに自分を呑み込む怪物の名前くらいは知っておけるじゃないか。

放送がやんだ。女も、残されたわずかな時間で逃げることに決めたに違いない。賢い選択だ。運命の瞬間に頼れるのは我が身のみ。だからこそ、泣き喚きながら走っている人もいないんだろう。運命に抗おうとする島民はいない。待ち受けるものが幸せだろうと悲惨だろうと、同じだ。こういうことって、仏教の教えとして学校で教わるんだろうか。箸でハエを捕まえる方法も習うっていうもんな。

とはいえ、島民の避難所がどれだけ近くて立派なもんだか知らないが、いくらなんでも、みんなずいぶんのんびりしてやしないか。最期の時が刻々と近づいているっていうのに。避難競争ってのがあれば、ぼくはきっと一等賞だったな。残念だな。

太陽が次第に陸に近づいてきたが、それでも悲劇は起きなかった。ちょっと先走りすぎたのかな、と思いながらあと少しだけ待機することにした。どうせ、世界の終焉という大惨事の犠牲になるなんて一生に一回だろうし。拷問が近づくにおいもしないまま夕食を終えて、部屋に戻った。くたびれ果てて、いっそ揺れるベッドに眠るぼくの上に空が落っこちてくるってのも悪くないかも、という気がしてきた。その日は辞書を抱えて、ヘルメットをかぶりリュックを背負ったまま寝た。

後日、あの放送ってのはどれくらい真剣に受け取ればいいんだろうと聞いてみたら、は？　このエイリアン、何言ってるの？って顔で見返された。あの声は、今日はものすごく暑くなるからなるべく家にいて水をたくさん飲めって言ってたんだそうだ。

島民ってのは、知れば知るほどよくわからん。

定員一億二千八百万人

ぼくが一日の十二時間を過ごしているビルに、数百、いやいや数千って数のサラリー男とサラリー女たちが通勤してくるようになった。最近は地震が多いので、いいことだと思う。重けりゃ重いほどビルも揺れない。とはいえ、この前の地震ではメイン会議室のテーブルの端から端までミネラルウォーターのボトルがつつつーっと滑ってってたけど。

一日は列に並ぶことから始まる。とにもかくにも順番待ち。そのうちにイライラがわき腹を刺してくる。ちっとも休んだ気にならない週末がやっと終わったってのに、全員前ならえできちっと並んでる。ちょっと気の利くやつは(ぼくも含め)下りのエレベーターにまず乗りこんで、いったん地下まで行って、降りずに残る。するとどうだ、また受付階に着いた上りのエレベーターはすでに満員。からっぽのが来るだろうと待ち受けていた人たちはご愁傷さま。ところが、それでも一人、二人はまだいけるだろって頑張るやつもいるんだよ。すみませんねと形ばかりは頭を下げて、どうかブザーが鳴りませんようにとお祈りしながらぎゅうっと体を押しつけてくる。

おいおいまじかよ、と口に出すやつもいないから、扉がちゃんと閉まるように、そいつはぐいぐい入ってくる。ようやく金属製の二枚の板がぴたっと閉まると、みんなで息を止める。エレベーターよ、爆発するでないぞ。

今日は隣の若いOLが携帯電話を握りしめて前に立つ男をぐっと押している。ぼくはといえば、壁に押しつぶされている。快適とは言えないが、とりあえず少しの辛抱だし、扉が開くたびにいちいち出たりする必要もない。溜息ひとつ入る隙間もない場所で、みんながみんな、じっと黙ってただ床を見つめている。こういう模範教育がみんなの身についているから、この島がどれだけ人口過密でも、なんとか持ちこたえているんだよね。世界中どこのエレベーターを探しても、こんな状態で上り下りして何も起こらないところなんて見つかりっこない。こんなふうに島民たちの精神性の気高さに感じ入っているその最中、ぼくの前にいるサラリー男が、そのまた前のサラリー男を押す。小突きあいはそのうち怒鳴りあいに発展して、足を踏んだだろ、謝れ、と言われても踏んだ方はあさっての方向を向いたまま。いがみあいが熱くなるにつれ、エレベーターに同乗しているみんなの視線はさらに下へ、下へと落ちていく。ぼくの視線も。

熱くなっている当人たちはさらに一段階進んだ。腕を動かすのもままならないものだから、相手の顔を指で弾きあいはじめたんだ。エレベーターに閉じ込められた人々の群れはなんとか二人から距離を置こうとするが、どこへも行けやしない。なんとか相手をどつきたいという奮闘努力の甲斐あって、片方が腕を引き抜くことに成功、敵の頭をごつんと叩いた。みんなはさらに身をすくませる。こういう社会的衝突への対処法なんてだれも習ってないし、エレベーター内でぼこぼこの殴り合いが起きても気づいた素振りすらだれも見せない。まあ、今回のこれはペチペチ合戦だけど。みんな目を凝らして足元を見つめ、さっさと終わってくれないかと思っている。争いあう肉体はさらなる空間を求め、われわれはいよいよ自分の身の内へと縮こまっていく。わかってる。これまで喧嘩の仲裁をしたことある人間なんてどうせこの中にはいないんだろ。ぼく以外は。だから、どうか気づかれませんようにと目をふせて、エレベーター内国連大使に任命されませんようにとひたすら願っていた。小突きあいはエスカレートしていく。互いの襟首をつかんで、大の大人の身体を手で絞ってみせるとでも言わんばかりにぎゅうぎゅう締めあげている。ぼくはといえば、臆病者らしく隅っこに縮こまり、きまりが悪いことこのうえない。二人の間にこの腕を差し入れさえすれば、ことは収まるはずなのに。でも、腕が動かせないんだよ、と自分に言い訳。人々の群れはこちらの隅、あちらの隅にぎゅうぎゅう押し合っていく。と、次の停止階、二十八階にすうっとエレベーターが止まる。扉に押しつけられていた三人が放たれた矢のごとく外に飛び出し、続いて二人の闘士も出る。

体内からウィルスを排出するかのごとく一旦外に出たサラリーマンたちはまた中に戻り、つかみ合う闘士たちを広々としたホールに残す。そして全員、無言の旅を続ける。なんにもなかったってことで。

あとがきにかえて

「現代ポルトガル文学選集」と名する、このシリーズはポルトガル現代文学の主要作品を質の高い正確な訳文で日本に紹介しようという企画である。ポルトガルはヨーロッパの西端に位置する小国で人口一千万ほどである。しかも、二十世紀後半の一九七四年まで第二次大戦を逃れ延命した権威主義的な独裁政権による言論統制が続いていた。この時代のヨーロッパの大きな文化的な出来事として六八年のパリ五月革命を挙げることが出来るが、ポルトガルはこのような動きをよそに前近代的な家父長制社会で依然として鬱屈した嗜眠状態にあったと言える。一五三六年にはじまり十九世紀初めまで続いたカトリック教会による異端審問制度はポルトガルで他のヨーロッパ諸国に比してとりわけ厳しく激しいものだったという。どちらかと言えば内向きな現在のポルトガルの国民性の基盤が形成されたのもそのような歴史的背景があったからかもしれない。それぞれの国の文学の質を決定する要因のひとつに広範な読者層の存在があるとするならば、文化小国のポルトガルにはよい文学などなかなか存在し得なかっただろう。表現の自由が保障されず国民の教育水準も低い状態にとどまっていた過去のポルトガルにはあてはまるかもしれない。反面、文学的営為はすぐれて個人的なものでもあり、天才的な才能によって牽引されるものとするならば、そしてあらゆる領域でグローバル化が進み、恒常的に越境的現象が起き、ローカルなテーマを普遍的な視点から語り、想像を膨らませていくのが現代文学の特色のひとつであるとするならば、現在のポルトガルもまんざら捨てたものではない。二十世紀末から現代にかけてポルトガルの文学作品のいくつかは非常に多くの言語に訳されているが、これは以前には見られなかった現象である。

ポルトガル文学を十分満足出来る形で日本に紹介しようという、この企画のそもそもの発端は在京ポルトガル大使館が隔年で行っていたロドリゲス賞であり、これは翻訳なども含めポルトガルの文化普及に功績のあった書籍を表彰するというものであったが、この賞の選考を通じて、ポルトガルの作家の読まれるべき作品のうち実はほんの一部しか日本では紹介されていないということが選考にあたった人々の共通認識になった。確かに、九八年にポルトガルのジョゼ・サラマーゴがポルトガル語圏で最初のノーベル文学賞を受賞して以来、彼の作品も含め、ポルトガルの文学が多少日本でも翻訳され始めたという印象はあった。しかし、現代文学で重要と思えるような作品が組織的に欠落していることはポルトガルの現代文学を勉強し始めると誰でも気づくことであった。さっそく、何人かが集まり、よい作品を正確で読むに堪えるよい日本語で提供することを主眼に計画を進めようということになった。たまたま、この本の版元である現代企画室がこの企画を引き受けてくれた。

もちろん、最初に私たちが考えたのは作品の選択である。どんな作品を翻訳したらよいか、国内のポルトガル語関係者にアンケートなども行ってみたが、それぞれが見ている作品にはかなりの偏りがあるらしく、バランスの取れた選定は難しいことが分かった。そもそも、日本国内には本当の意味で現代ポルトガル文学の専門家はいないのである。そこで、ポルトガルの専門家に助けを求めることになった。在京ポルトガル大使館は、ポルトガル語や文化普及を任務の一つとしている政府機関カモンイス言語・国際協力機構の代表部でもあるので、本国に照会し適切な人材の推薦を求めることにした。訪日経験もあり、リスボンの大学で文学を担当し、自身も作家であるルイ・ズィンク教授がアドバイザーを引き受けてくれた。訪日時やメールなどを通じやり取りを繰り返すなかでポルトガルの作家で翻訳したい作品が固まってきた。長篇を出す前に代表的な作家を選んで短篇集を編んでみたらというアイデアも現れた。最初にパノラマ的な複数の作品を提示し、道しるべとするという案である。もちろん、作家によっては長篇は得意であるが短篇はいまひとつとか、逆に短篇を真骨頂とする場合もある。なので、短篇集は網羅的にはならないのだが、それでも一九七四年以降のポルトガルの「現代化」のバラエティーが示せるのではないかという結論になった。もちろん、作品の選択にはルイ・ズィンク教授の意見が大いに貢献したことは言うまでもない。

本書には主に二十世紀後半以降に発表された十二篇の短篇を収めた。訳と編集の作業を終えて眺めてみるとコンパクトにまとまったものが出来たという印象だが、すでに述べたように、ここまでの道筋は単純ではなく、様々な形で多くの人々が関わった。タイトルには翻訳者の氏名が明示されているが、すべての訳文について木下眞穂または黒澤直俊、あるいは両者による校閲が入っており、さらに、訳文の正確さを期すため、日本語とポルトガル語の完全なバイリンガルであるポルトガル大使館勤務の清水ユミによる確認作業を経ている。訳者と校閲の間のやり取りは複数回に及び、ほぼ完全に最初の訳が書き替えられたものもある。そもそも文学テキストの翻訳は勘違いから来る誤訳との恒常的な戦いの連続である。校閲と訳の共同作業に従事することで、この本の作成にかかわった者は文学的テキストの媒介者としての自身を向上させることが出来たと言える。

作品については解説を要しないと思われるが、簡単なコメントを付け加え背景を説明したいと思う。冒頭の「少尉の災難」と「植民地のあとに残ったもの」はアフリカがテーマで、ポルトガルが六〇年代初めから七四年の軍事クーデターによる民主化革命まで植民地で繰り広げた泥沼のような戦争を兵士の側から描いた前者と、解放後に二百万とも言われる植民地からの引揚者がポルトガル本国に押し寄せた頃の混乱を夏の休暇を過ごす一人の女性の視点から描いた作品である。いずれも主人公の心の鏡を通して当時の社会の有様が見え隠れする。「美容師」と「汝の隣人」は現在の首都リスボンが舞台で、いずれも女性が主人公であり、男性による収奪の犠牲がテーマである。それに引き換え、「ヴァルザー氏と森」や「図書室」、「川辺の寡婦」の舞台は国や地域など特定の現実の世界とは接点を持たないかに見える普遍的な空間で展開する物語である。現実を超えたシュールな世界といえば「定理」で、この作品はポルトガル恋愛史上もっとも純粋な愛と理想化された、皇太子時代のペドロ一世の愛人イネス・デ・カストロの処刑に関係して、後に王となったペドロが暗殺者に対して実際に行った残虐な刑罰をプロジェクション・マッピングのように現代に投影したものである。作者のエルベルト・エルデルは現代ポルトガルを代表するシュールレアリズム詩人のひとりであったことにも触れないわけにはいかないだろう。作家の知名度という点ではポルトガルでは先に触れたジョゼ・サラマーゴと他にもう一人、アントニオ・ロボ・アントゥネスが圧倒的で、いずれも欧米での知名度が高く現代ポルトガル文学の最高峰と呼ぶに相応しい作家である。八〇年代以降のポルトガル文学界はこの二人を中心に展開したと言っても言い過ぎではないだろう。ただ、両者とも主たる作品は長編小説で、この短篇集にふさわしいものは見つけられなかった。特に、ロボ・アントゥネスは存命中のポルトガル人作家では最大級の大物なのでいつか日本にも紹介したいと思う。話しがそれたが、本書に登場する作家の中で世代的に上のグループに属するのは「バビロン川のほとりで」のジョルジュ・デ・セナである。タイトルは旧約聖書の詩篇をもじったもので、ポルトガル文学史上最大傑作とされる一五七二年に出版された長篇叙事詩『ウズ・ルジアダス』の作者、ルイス・デ・カモンイスの晩年を描いている。帝国の衰亡によってもらえるはずだった年金も給付されず貧窮に苦しみながら、最後となる作品の詩作の場面が描かれている。ちなみに、代表作のタイトルの「ルジアダス」という語はルジタニア人という意味だが、本来のラテン語の「ルーシーターヌス」という語がその音節の構造からラテン語で詩作する時に六脚詩の構造に入れにくいので、十六世紀のあるポルトガルのラテン詩人が造語したのをカモンイスが自分の作品のタイトルにポルトガル語化して採用したのである。ちなみにこの「ルジアダス」という語はこの作品のタイトルとして以外は用いられず、作品の中でも用いられることはなかった。ルジタニアは現在のポルトガルのドーロ川以北を除いた地域をすっぽりと含みこむローマ時代の属州で、その地域に住んでいたルジタニア人と呼ばれた民族がローマの植民地化に対し強く抵抗したことから十五世紀あたりにポルトガルで自分たちの祖先はルジタニア人だという神話が形成された。ポルトガルを示す接頭辞のルゾはそこから来ているが、歴史的な根拠はなく、神話以上のつながりは存在しない。伝説によれば、ローマの古神で後にバッカスと混同されることになるリーベルの子であるルーススの子孫がルジタニア人とされる。そこで、この短篇集にも「よみがえるルーススの声」という副題を付けた。文学とは所詮どれだけ緻密で壮大な妄想を展開し現実を超えるかということであると考えたからである。

黒澤直俊

［訳者紹介］

上田寿美（うえだ としみ）
ポルトガル文学専攻。京都外国語大学講師。共著に『プログレッシブポルトガル語辞典』（小学館、2015）。

木下眞穂（きのした まほ）
上智大学ポルトガル語学科卒。ポルトガル語翻訳者。訳書にパウロ・コエーリョ『ブリーダ』（KADOKAWA、2012）、ジョゼ・ルイス・ペイショット『ガルヴェイアスの犬』（新潮社、2018）など。

黒澤直俊（くろさわ なおとし）＊［編者紹介］を参照

後藤恵（ごとう めぐみ）
ポルトガル文学専攻。東京外国語大学大学院博士後期課程在籍。

近藤紀子（こんどう ゆきこ）
早稲田大学第一文学部文学科日本文学専修卒。出版社勤務ののち翻訳家に。おもな訳書にルイ・ズィンク『待ちながら』（而立書房、2006）、フェルナンド・ペソア『アナーキストの銀行家』（彩流社、2019）など。

水沼修（みずぬま おさむ）
ポルトガル語学専攻。東京外国語大学非常勤講師。

［編者紹介］
ルイ・ズィンク（Rui Zink）
1961年、リスボンに生まれる。小説家、エッセイスト、翻訳家、劇作家、脚本家、イベントプロデューサー、テレビ・ラジオのコメンテーター。リスボン新大学准教授。 漫画やアニメーションを文学作品と位置づけその文学性を考察する研究のポルトガルにおける先駆者であり、ポルトガル初のグラフィック・ノベル*A Arte Suprema*の原作者でもある。邦訳に『待ちながら』（近藤紀子訳、而立書房、2006）。

黒澤直俊（くろさわ なおとし）
1956年、宮城県生まれ。東京外国語大学卒。著書『キックオフ！ ブラジルポルトガル語』（大修館書店、1996）。『言語学大辞典』（三省堂、1988‒）「世界言語編」でガリシア語、ポルトガル語、ブラジルポルトガル語を担当。共著に『プログレッシブポルトガル語辞典』（小学館、2015）（発音・校閲担当）など。ポルトガル語、アストゥリアス語の言語文学を専攻。東京外国語大学大学院教授。

現代ポルトガル文学選集
ポルトガル短篇小説傑作選　よみがえるルーススの声

発　行　2019年11月３日初版第一刷
　　　　2022年９月15日　第二刷
定　価　2200円＋税
編　者　ルイ・ズィンク、黒澤直俊
装　幀　石井裕二
発行者　北川フラム
発行所　現代企画室　http://www.jca.apc.org/gendai/
　　　　東京都渋谷区猿楽町29-18ヒルサイドテラスA-8
　　　　Tel. 03-3461-5082 Fax. 03-3461-5083 e-mail. gendai@jca.apc.org
印刷所　中央精版印刷株式会社

ISBN978-4-7738-1905-2 C0097 Y2200E